云 堆

梁丽成 著

陕西新华出版
太白文艺出版社·西安

图书在版编目（CIP）数据

云堆 / 梁丽成著. -- 西安：太白文艺出版社，
2025.1. -- ISBN 978-7-5513-2911-8
Ⅰ.I217.2
中国国家版本馆CIP数据核字第2025G04N06号

云堆
YUNDUI

作　　者	梁丽成
责任编辑	葛晓帅
封面设计	建明文化
版式设计	建明文化
出版发行	太白文艺出版社
经　　销	新华书店
印　　刷	三河市腾飞印务有限公司
开　　本	880mm×1230mm　1/32
字　　数	110千字
印　　张	12
版　　次	2025年1月第1版
印　　次	2025年1月第1次印刷
书　　号	ISBN 978-7-5513-2911-8
定　　价	68.00元

版权所有 翻印必究
如有印装质量问题，可寄出版社印制部调换
联系电话：029-81206800
出版社地址：西安市曲江新区登高路1388号（邮编：710061）
营销中心电话：029-87277748　029-87217872

前　言

这个清冷的夜晚，灵魂在流浪，寂静是一成不变的个性。

洁白的灯光下，两杯普洱茶飘散着清香和苦涩。她审视了杯影半晌，才问："你的父亲是一个怎样的人？"

说起父亲，我首先想起他那张生气时暗红的大圆脸，他生气时会瞪着双眼，咬牙切齿地、不分青红皂白地痛骂："让你调皮捣蛋，我打死你！"

他左手揪着我的衣衫，像抓着一只待宰割的柴鸡，右手使劲挥动着一根青色的竹枝条。

那时我只有四岁多，身上常有青紫的伤痕。那时家里很穷困，生活饥寒交迫，我总是被恐惧和哭泣围殴。

父亲是一个有家庭暴力倾向的人，总是拿老婆和女儿来做出气筒，特别是他每次赌博回来，稍有不顺心就打人。

母亲经常向我哭诉他的一桩桩"罪行"。比如，她刚生下大姐的第一天，由于要坐月子，早上就没有起床做早饭。

父亲就一边骂："成人不自在，自在不成人，好吃懒做的人要谁养？"一边抓住母亲的双脚，将她拖跌下床。

印象中，母亲的脸总是布满愁云，感受不到一丝光亮。

外婆家很穷，母亲没有上过学堂，她连自己的名字也不会写，如果离开父亲，她不知道去哪里。她仿佛一缕无依无靠的轻烟，没有着落。

她更舍不得五个孩子。于是，只能一直忍受着这样的一个野蛮的粗暴的男人。

我的祖父是一名抗日战士，由于多次立功，新中国成立之后，他被分配到湖南永州，做了一所卫生学院的院长。

祖父安顿了下来之后，首先是接广西老家的妻儿过去团聚。

在一个桃花盛开的清晨，祖父带着祖母、父亲和大伯到了永州。

那年父亲十六岁，刚初中毕业。在永州住了一个多月，大伯和父亲适应不了城里的生活，于是两兄弟又回到了广西农村的老家。

祖母当时刚怀上叔叔，怕舟车劳顿，所以就没回来。

十一年后，父亲娶了母亲，母亲先后生了五个孩子：大姐、二哥、三姐、我、五弟。

大姐七岁时，父亲带着她和四岁的二哥去了湖南永州，让两个孩子跟祖父祖母生活，让他们接受更好的教育。

三姐、五弟和我就跟父母继续留在广西。

一家人分散在两个地方。祖父经常写信并寄钱给父亲和大伯，父亲拿这些钱做起了小生意，榨油坊、碾坊、小卖部都开起来了。

大伯由于跛脚行动不便，讨不到老婆，父亲就决定养他一辈子。怕他烦闷，父亲就让他看管小卖部，还借钱给他买了一台黑白电视机。

做生意的头几年，总是亏本，父亲又喜欢赌博，无心经营，家里仍是穷得叮当响。

那时父母经常吵架，母亲咒骂父亲是赌鬼，父亲就打母亲，有时父亲也拿我和三姐出气。

父亲非常重男轻女，他从来没有打过二哥和五弟。

二哥在湖南永州上学，他恃宠胡作非为，不好好念书，初三毕业考时花钱雇人帮他考试，被老师发现了，取消了考试资格，当场被学校开除。

祖父气坏了，将二哥赶回广西老家务农。二哥回来了，父亲不打也不骂，还笑着对二哥说："回来就好，回来就好，帮忙做做农活。"

还有一次，二哥偷了五百元，父亲以为是我偷的，无论我怎么辩解，他都不信，还狠狠地揍了我一顿。母亲怕他打死我，翻箱倒柜地帮忙找钱，后来从二哥的枕头下找到了钱。

父亲知道了钱是二哥偷的，仍旧不打也不骂，只是小声地问二哥要五百元干啥。

二哥说他要去湖南永州找他的同学玩，五百元是作为路费的。听了这些话，父母都默不作声。三天之后，二哥真的去了永州，玩了十几天才回来。

我们慢慢长大了，要吃穿要上学，二哥和五弟以后要结婚，需要更多的钱。

父亲意识到了赌博不但搞不到钱，还会赔钱进去，于是戒了赌，专心打理起小生意。

随着社会不断发展，从电视上，父亲知道了家暴是违法的，开始懂得了珍惜妻女。我家慢慢富裕起来，在村庄里第一个建起了小洋楼。

如今，父母老了，头发灰白，背驼了，牙齿也掉了。榨油坊和碾坊早就不开了。

几年前，九十多岁的祖父驾鹤西去，大伯也跟着去了。

父亲就常常坐在小卖部的门口，看着门前的野草闲花发呆，阳光照在他的身上，试图窥探他的内心。

我们兄弟姐妹五个，有的成家，有的学业有成。

大姐卫校毕业，分配到了广东罗定人民医院工作，在当地结婚生子。

二哥用祖父的遗产和大伯的残疾保，在镇上买了一幢房屋。

三姐初中毕业之后，打了几年工，找了一个老实人嫁了。

五弟大学毕业，用父母的积蓄在市里买了一套商品房。

至于我，你且听我娓娓道来。

"爷爷从湖南给你们寄了一些课外书回来。"父亲边说边把一摞书放在桌子上。

七岁的我和三姐、五弟高兴地跑过去，围着桌子，摸摸这本，瞅瞅那本。

那时候的我认得一些字了，这些寄回来的书籍里，有《小学生作文》，还有《十万个为什么》《徐志摩抒情诗》《钢铁是怎样炼成的》和《一千零一夜》。

最让我爱不释手的是那本《徐志摩抒情诗》。虽然有很多句子我还看不懂，但是里面的分行让我好奇，让我痴迷，让我震撼。从那一刻开始我就深深地爱上了诗歌，只要有空，我就把《徐志摩抒情诗》拿出来翻一翻，看一看，最后那本诗集竟然被我翻烂了。

我也经常在作业本上，用歪歪扭扭的字写下了一首首分行小诗。《两个太阳》：天上有两个太阳，妈妈说，有一个掉到水里去了。《风儿》：你经常跑来跑去，不累吗？

父亲为这些分行的句子没少骂我，说我浪费纸。

月落日出，冬去春来，时间一分一秒地溜走了，这些年来我念书，打工，遭受疾病的凌辱，遭受生活变故的蹂躏。

为了生计，我奔波在冷酷无情的城市里，无论工作多么忙碌，无论身心多么疲惫，无论世事多么烦琐，我都坚持着每天看书、写诗。

功夫不负有心人，我的诗歌得到了编辑的认可，零零碎碎地发表在报刊上了。

我也出版了三本诗集：《几瓣思》《书的房子》《致泰戈尔》。虽然在诗的技巧上，我有很多的不足，但是，我对诗的喜爱没有随着苦厄的刁难而减少一点，反而越来越强烈。

我的出发点很简单：诗歌，那是灵魂深处的声音，那是战胜命运的呐喊，那是与天地万物的对话，与名利毫无关系。

2021年11月7日

目录 contents

◎ 诗歌卷

我在等一轮明月 / 003

午后的权威 / 005

奇怪 / 006

黄昏的样子 / 008

复活的秘密 / 010

一条诗路 / 012

我一向醉心于憨厚的美 / 014

孩子是宇宙的小精灵 / 015

老妪 / 017

玉兔的传说 / 018

房贷 / 020

安眠曲 / 022

一个奇妙的午后 / 023

时间的誓约 / 024

来自春天的小动物 / 025

小镇的那个冬夜 / 027

宙斯 / 029

冬天的夫婿 / 030

你携着春天 / 031

野鸟与猎人 / 032

春天的责任 / 033

流水淙淙 / 034

处境 / 035

马鬃草 / 036

童心 / 037

蟋蟀的愿望 / 038

对联 / 039

多么厚重的清夜 / 040

过程 / 041

山麓 / 043

辣椒 / 044

城市 / 045

阡陌 / 046

云堆 / 047

凛然的雪花 / 048

命数 / 049

今生 / 050

解放日子 / 051

入局 / 052

老村庄 / 053

交易 / 054

这是一个真实的梦境 / 055

暗夜 / 056

稻草人 / 057

零度 / 058

原委 / 060

农夫编织春天 / 061

我将你藏在心房 / 062

这些传说 / 063

农妇归家之后 / 064

幸福，为什么吝啬 / 065

赏罚 / 066

启示 / 067

一夜趣事 / 068

光的种子在哪儿 / 069

谁曾想到 / 070

驿站 / 071

机缘 / 072

表述 / 073

局限 / 074

在山路上 / 075

像春雨一样 / 076

梦幻 / 077

临末 / 078

作用 / 079

还原 / 080

夏至的词句 / 081

青荇 / 082

放过自己吧 / 083

彗星 / 084

转机 / 085

庙像 / 086

自然的奥妙 / 087

他的回答 / 088

旗袍颂 / 089

成熟 / 090

那个怪诞的雨夜 / 092

豆角 / 093

要求 / 094

复活的隐秘 / 095

巨人 / 096

神赐的灵感 / 097

独行者 / 099

木桌子的人生 / 100

母性 / 101

醒悟之前 / 102

荔枝熟了 / 104

婚后 / 105

可能的事 / 106

标本 / 107

预感 / 108

一曲晚霞 / 109

原则性 / 110

呼吸的观念 / 111

义务 / 112

末梢 / 113

一个圆形的梦 / 114

情债 / 116

蟋蟀 / 117

他喜欢发呆 / 118

变数 / 119

聘礼 / 120

不速之客 / 121

托喻 / 123

生活的空隙 / 124

你刚哭过 / 125

擅长 / 126

角度的原因 / 127

戒条 / 128

蝉蜕 / 129

为了梦想 / 130

醉态 / 131

远行的真相 / 132

三叶草 / 133

带刺的爱情 / 134

秋天的吻痕 / 135

如同符咒 / 136

起点 / 137

贯串　/　139

僵局　/　140

白昼诞生了　/　141

秋天的宴会　/　142

责问　/　143

画中人　/　144

清晨的车轮　/　145

方言　/　146

妄念　/　147

弯度　/　148

善意　/　149

习性　/　150

天轨　/　151

交点　/　152

残荷　/　153

爱，没有住所　/　154

田螺　/　155

现状　/　156

层次　/　157

熄灭　/　158

如果下雨了　/　159

一对冤家　/　160

变色的小猫 / 161

白云的嫁衣 / 162

麦草的影子 / 164

方巾 / 166

不朽的相思 / 167

成长 / 168

晚祷 / 169

生存的祭品 / 170

现状 / 171

老农的心声 / 172

知觉 / 173

复杂 / 174

磐石的一生 / 175

尽管 / 176

坎 / 177

楼房 / 179

隐然 / 180

残念 / 181

四更天 / 182

发明 / 183

感触 / 184

湿泥 / 185

反思 / 186

性情 / 187

主张 / 188

草灰 / 189

归程 / 190

路灯的谜团 / 191

半圆 / 192

青色的回应 / 193

微弱的夜歌 / 194

过节 / 195

麦芒 / 196

病历 / 197

新芽的恋人 / 198

暮冬 / 199

命运的表层 / 200

橄榄的芬芳 / 201

第六感 / 202

箴言 / 203

圆窗 / 204

饺子的领域 / 205

黑豆的心愿 / 206

否定 / 207

奇怪的生日 / 208

逝年 / 209

邮件 / 210

仿佛霜雪 / 211

秋的余烬 / 212

塔尖 / 213

区别 / 214

觉醒 / 215

照临 / 216

造化 / 217

炭盆 / 218

殊途 / 219

春天的影子 / 221

水痕 / 222

芦花 / 223

拂晓 / 224

金色,象征着未来 / 225

谋略与永恒 / 227

石桥的脊背 / 228

铺垫 / 229

浮沫 / 230

分量 / 231

牧笛 / 232

日子的坐姿 / 233

片状 / 234

铭刻 / 235

意向 / 236

茅草 / 237

法则 / 238

环扣 / 239

诣实 / 240

雨季 / 242

板栗 / 243

没有人知道 / 244

余年 / 245

微波 / 247

民俗 / 248

种菜 / 249

大雁南飞 / 250

岁末 / 251

抽屉 / 252

六月的心态 / 253

劫数 / 254

来自东方 / 255

往事的洪潮 / 256

心海 / 257

秋夜朦胧 / 258

萤火虫的思考 / 259

形似 / 260

玄机 / 261

我的乡土 / 262

日子的仆人 / 263

繁殖 / 264

主张 / 265

隐形 / 266

世事的躯壳 / 267

永恒,藏在海底 / 268

近况 / 269

阅历 / 271

生命线 / 273

批评 / 274

九月的守望 / 276

等待,太遥远了 / 278

在悲壮的东方 / 280

今天是光芒的生日 / 282

黑夜的答案 / 284

关于黎明的故事 / 286

干净的启示 / 288

晨昏的距离 / 290

睡眠的形状 / 292

匆忙的下午 / 293

我忘了野菊 / 295

深秋来晚了一步 / 297

那天，我隐约可见 / 299

村姑和我 / 301

出于朦胧的意愿 / 303

◎ 随笔卷

学着云淡风轻 / 307

方向为什么没有尽头 / 310

南方没有雪花 / 313

买来的小蚂蚁 / 317

发霉的爱 / 320

心里有光 / 323

谁扯下了西风的面纱 / 326

城市的残绪 / 329

悚然夜跑 / 332

寒冷里的青叶 / 335

冷雨的音符 / 338

鱼腥草的味道 / 341

爱,隐藏在细节里 / 344

金钱是矛盾体 / 349

苦咖啡 / 352

田野,深爱着夏天 / 355

年味 / 358

诗歌卷

我在等一轮明月

爱,不需要理由
明月
你我的距离太遥远
可是,我的眼泪只为你流

所有的言辞
都是苍白无力的
九霄云外
是不是生老病死的界限

这个问题
我需要掌控你的温柔
才能作出回答

就像时间
无法辨别一个权威的定义
归因于当局者迷
嫌弃,不是分开的结论

我张开双臂

拥抱清夜的悲与喜

黄鹂鸟告诉春天

"先生,我看到了灵魂"

午后的权威

山路,将尘土抛弃
我却在上面
留下了一篇篇的心事
是双脚写的
一片阳光,感到可悲
它目睹了整个过程

你在哪里
勤劳善良的火绒草
我付出了十月的惊慌失措
好像一只雄鸡
在黎明之前啄破寂静
我为了爱而疲惫

天堂没有手机
你必须醒悟
金钱不能医治苦苦挣扎的心灵
但是可以医治日子的病痛
午后的权威
它塑造了一个神圣的访客

奇怪

你问日子
墨香为什么染黑了天空
过不了多久
一片寒冷的雨珠
就砸到了房屋的身上

疼痛
让我懂得了使命的呜咽
门前的龙眼树
不敢低下孤僻的头颅
虽然，它怕冷
但是它更怕别人说三道四

狂风穿过门缝
带来了淅淅沥沥的声音
我明白了白昼的恳求
它渴望阳光的路线

年少无知的野草
体验着苦楚

这一刻
你记得誓言被岁月吞噬了
却忘了我的踪迹

黄昏的样子

你应该明白
我只是窗前的一抹夕阳
无论怎样
都抵达不了冬天的梦境

如果爱恨交织
请你忘了牺牲的落叶
那是因为
我牵挂你而心碎的一瞬间
都交给了一场狂风暴雨

空荡荡的日子
冷飕飕的方向
你像一只惊慌失措的布谷鸟
不得不屈服于命运

我向山水田园一一告别
但是,谁也不回应我
就这样
仅剩的一点光华埋葬在海洋里

没有忧愁和苦痛

一切都那么简单，宁静

复活的秘密

冷,不是我的冥想
却是冬季的个性

枯叶把自己托付给泥土
一片又一片的爱

这时,瑟缩的背影渐行渐远
有点像大雁的队伍

天空灰暗又厚重
压在日子的心头和头颅上

它永远也不会向苦难屈服
我非常清楚

那是因为有威严正直的太阳
还有根须憩息在梦乡

它流下的泪水
已经凝固为洁白无瑕的雪花

超度着那些庄稼的尸骨

无声无息地，执着地

朔风向远方召唤

召唤希望的美好的魂魄

不久的将来

这里必然生机盎然

一条诗路

午后的西风在嗤笑
阳光在睥睨
这条险峻的路径
有一种凄凉的赤裸的生命力

正义的流水声
此刻从前方传来了
为什么
要等忙完秋收才呈献

比干草要壮健一点
他的身影
一直承受着贫苦的焚烧
痛,于是刻骨铭心

岩石邀请他歇息
碧空向他轻扬希冀的素绢
像一个抛媚眼的女子

逐渐飘忽近了

仔细一看

那是一缕缕郁悒的云朵

迫切地，浩荡地

覆盖在一堆诗坟上

从此以后

孤独变成了他不朽的伴侣

我一向醉心于憨厚的美

我一向醉心于憨厚的美
就像那远方
行走在晨雾里的睡眼惺忪的水牛
后面跟着一位背着铁犁的老农

不知过了多久
他俩的足迹,比钞票昂贵
不但环抱了村落
还点缀着山水田园的画布
最后,引来神秘的春阳

我一向醉心于憨厚的美
就像那镰刀
甘愿在村妇的手中献出锈蚀的力量
旁边的打谷机震响了欢腾

这时,清风驾驶着白云
规划出了一条崭新的天路
缓慢地,静默地,飞过原野和树林
喜鹊重复唱着一首歌
然而,只有它的同伴能听懂

孩子是宇宙的小精灵

云华是人间的帽子
怪异的帽子
有时洁白,有时绯红

清风是季节的一把大扫帚
扫去了烦琐
太阳是土地的俏新娘
带来了生机和收获

而星月,则是老巫婆的长白发
她的咒语
布下了漆黑的深奥的局

亲爱的孩子
如果你能永远坚信还有证实
这一切正在悄然发生

那么,我会认为
这些事物本身就闪烁着灵性

因为你的智慧
被上帝插上了一双翅膀
在知识的宇宙里
不停地翱翔着，探究着

老妪

禾秆的尸骨在水田腐烂
变成了鬼魂
飘荡在阴森的地狱里
从今往后
再也听不到她那贫苦的啼泣
和村庄里的鸡鸣狗吠了

冬天的风多么狂戾
握着一把剑
趁着夜深人静的时候
趁着锄头和铁耙已是年迈多病
咬牙切齿地
刺向了她的孤独的窗门

饱暖被日子劫持了
追着,追着
她坠落在无底的悬崖下
当噩梦惊醒
东方的天灯正在圆润地发亮
解救了纯朴的灵魂

玉兔的传说

一个深不可测的黑夜
到处飘荡着醉人的荷花香
那是谁
放弃了神仙宠溺的光环
从明月的闺房
逃到了人间的小农屋里

千秋万载的孤寂
好像一个十恶不赦的屠夫
逼迫着玉兔
把芳心托付给刘生

然而,却不能厮守终生
由于天地之别
这个惊险的秘密
很快被苍穹知道了
紧接着
撕碎了他俩欢恋的记忆

后来

他随着萤火虫漂泊到远方
见到了繁华京城
见到了那条润泽心田的长江

每一滴泪水
都是他巴望明天曙光的执念
唯独，遗忘了那一夜
遗忘了那个娇羞丰腴的兔姑娘

房贷

生活在墙垣上
投下一个瘦长的孤影
可是
墙垣承受不了它悲摧的重负
马上就坍塌了

浩劫也趁机降临
风在叱骂,雨在鞭打
嚣张跋扈地
奴役着大自然里的昆虫鸟兽
践踏着花草树木
蹂躏着贫苦的躯壳

太阳成为遥远的幸福
纷乱中
生活心甘情愿把一切献给烟火
甚至认可婚姻的索取

过程,多么漫长
像一个打工者忍着饥寒

流着血汗

匍匐在金钱的面前

安眠曲

风又恶作剧了
严寒如同一片荒冢
令人,迫不及待地畏避
傍晚时分
她跟随一串自行车的辙印
走进了租来的斗室

这个容身之地,简陋又阴暗
为了一点自在
灯光驱散了困倦和不安
自从搬进来之后
每当夜深人静
她总是听到灵魂在欢唱
隐约,似梦非梦

仿佛春雨的轻声细语
仿佛田野的召唤
仿佛故乡的屋顶上的啁啾
那么亲切,那么暖和
抚慰睡眠至天明

一个奇妙的午后

天穹换上了一件蓝衬衫
特别明净
云朵露出了笑靥
寂静地,凝视着这个村庄
枯叶飘落河床
一片,两片,三片
引起了层层叠叠的微澜

阳光,好像一位老母亲
用那双粗糙的勤劳的大手
徐缓地,慈爱地
抚摸着每一寸土地
她悲痛而又迫切地祈求
大自然
能指引每一个乡亲寻到福祉

黄昏来了
山斑鸠兀立在光秃秃的树枝上
反复地叫道
厄难能觉醒生命吗
可是,无人回答这个问题

时间的誓约

我爱晨雾的面纱
轻柔和娇羞
编织成了一片朦胧
像极了新娘的凤冠霞帔

我爱黄昏的形态
时而沧桑
时而安谧
像极了老人的言行举止

我爱黑夜的长眠
在尘世的心里
星月献上了璀璨的眼泪
那是欲言又止的誓约

来自春天的小动物

一只公鸡啄破了黑夜
钻出来时
我正跟在蜻蜓的身后
走过田塍
关于希望的寓言
至今为止，人们知道多少呢

暖光飘下来
斑鸠奏响了手中的乐器
柔美的声音
缓缓地，萦绕着林野
看到了吗
鱼虾在水里跳起了芭蕾舞

传说
有个老农把春天
染成了芬芳生动的嫩绿色

一条粗壮的眼镜蛇
被寒冬制伏

失去了强大的攻击力
慵懒地
蜷伏在山洞里睡懒觉

现在,野菊对我嫣然一笑
它的妹妹
是蜜蜂的邻居
那个美丽多情的蝴蝶姑娘

小镇的那个冬夜

你的秘密
皈依土地的内心深处
永远无声无息

我的爱
痛不欲生而又执着
像云遮的月
透出一点朦胧迷离的光
忘却了生死的指示

去睡吧
勤劳朴素的小镇
在梦乡
我会赠你一簇红梅
因为你最像它
从不畏惧命运的刁难

可是
你却流着泪
义愤填膺地说

那些被凌虐的劳碌

像一座大山

压得生活快喘不过气了

宙斯

你是至高无上的神
无所不能
清晨,你降临到我的草舍
我觉醒了心境

那个漆黑寒冷的地方
长出了幸福之树
春风里
我泪流满面地向你叩谢

人们由于嫉妒心作祟
辱骂我的一切
驱逐我离开神赐的领域

你发怒了
一手执闪电,一手执雷斧
只用一瞬间
就劈散了俗世的丑恶

冬天的夫婿

他是冬天的夫婿
一直都以吊儿郎当为美
以诬赖为荣耀
寒冷是他经常使用的一把巨剑

自从他来了之后
花残叶萎,一片荒芜战栗
趁着夜深人静
他鬼鬼祟祟地将霜雪塞满了梦乡

人们厌恶他的所作所为
却永远离不开
他藏在土壤里的珍宝
等春风一吹,就会看到爱的踪影

你携着春天

你携着春天
走进了一间穷苦的斗室
我亲眼所见
真理就埋藏在世人的心里

光针穿过黑夜
生活复制了它的全部经过
我鞠着躬
接过你手中的一串露珠

从今往后
这里没有高低贵贱之分
你创造了泥土
我回赠你叶茂花繁的嫁衣

野鸟与猎人

正月的野鸟
在你的天空徘徊不定
它的爱人
已听不到它的悲痛的歌声了

木屋里,你的冷酷无情
你的贪婪
如同险恶的旋涡
吞噬着那些天真又渺小的生灵

风雨在呐喊助威
雷电在攻击
它已觉醒,在你哄骗的囚笼里
痛苦地、激烈地挣扎

最终,它安静地死去
全身镶嵌了一层绯红的阳光
它的灵魂
变成了你日子的复仇者

春天的责任

你的眼泪
是我开启丰收的钥匙
今天
是一个悄悄的开始
一叶嫩绿
一湾心波
来自春天的抚慰
最爱的山径
认出了你那佝偻的背影
绕抱着寂寞
初绽的野花
与轻风擦肩而过
这时
白云才察觉到
晨露的暗示早已破碎了
我跟着阳光
寻到了溪黄草的妙计

流水淙淙

生活
铺开了延伸的形体
刻画柔美而又悲苦的曲折

芬芳的清风里
流水淙淙
如同希冀的绸带

农民将它系在土地的腰上
滋润着
大自然的心田

工人将它绑在机器的脚踝上
日夜不停地
追踪着金钱的车辇

学生将它缝在白云的船桅上
在曙光的陪伴下
划向知识澎湃的海洋

处境

我抓住寒风的尾巴
跟随一只苍鹰
眨眼间
就来到了巅崖的宫殿

日子已经坍塌了
从灰白的时代里分解出来
因为这样
才能逃离恶毒的人心

阳光叫醒了旷野
血汗和眼泪都引示着福运
不用分辨
像忠厚的倾斜的树影

这个地方
幽僻的自由撕毁了喧嚣
割断了烦琐
我不用再看谁的脸色

马鬃草

山风的目的
是从你的手中夺过糖果
而糖果
是用无数滴晨露制作成的

有一点苦涩
后来,出乎意料的鲜明片段
融化在草妈妈的小屋内

今天,你懂得了爱美
穿上了那件如火的新衣裳
圆形的阳光
已经挂上了松梢

向着烟囱,代表固定的借口
多么奇妙
抹去了心灵里的卑微

童心

一片秋夜
没有车轮,没有船帆
竟然
也能进入我的幽梦

若干年以后
我将这一幕画在墙垣上
掩盖劳苦
黑白的搭配无比清净

孩子们看见了
兴奋地惊喜地叫了起来
找到了
月亮和星星躲在种子里

蟋蟀的愿望

蟋蟀在草丛里探险
这年头
迫使它过早明白了
死亡总是那么猝不及防
就像
蜘蛛喜欢织网一样
可是到最后
却把自己囚禁在日子里
永远也挣脱不了寂静
它的内心
何尝不是一个泥潭
由于那些心狠手辣的天敌
深不可测
只有黑暗覆盖着愿望

对联

老人说
日子的火焰来自对联
虽然
成了不朽的预言
但是紧闭着一扇扇门扉
人与人之间
是高墙围垒起来的界线

这个时代
遭到金钱的蛊惑
早已贴上无奈的标签
美与丑的混乱
像黑夜里的景物一样难辨
为什么
所有的颜色凭空消失

生命的力量还在
直到末日
谁蘸着年关热辣的眼泪
画下了祥瑞的痕迹

多么厚重的清夜

多么厚重的清夜
灯光
还没有休憩
索性戳穿了一页页梦境
让灵魂无处遁形

金月,驻立在穹巅
百转千回
像玫瑰的眼泪
感谢生命繁衍了爱的主题
而且,黎明就快到了

趁着雄鸡鸣唱时
山风揪住了一个笔误
不露声色
还手疾眼快地
涂改了故事的高潮和恩怨

过程

雨珠，滴滴答答地
敲击着屋顶
形成了一种无止息的低语
澄净而又亲切
它到底想说些什么呢

我猜不到
过去和未来相连的寓物
这时，一阵清风
推开了木门
带来了乡村的独特的气息

我向窗外张望
一片乌云笼罩之下
深青色的身影屹立不倒
盼了那么久
荔枝终于被夏天焖熟了

以此炫耀时间的武器
迷失了生死

濡湿的黝黑的土地

从古至今

都是日子最聪慧的伴侣

山麓

出于一种微妙的启示
有时兀立
有时端坐
却挣脱不了天地铸造的镣铐
你一言不发地等着
等着岁月给你一个交代
天与地
并没有什么隔阂
一直都象征着滂沱的故事
你累了
像一个历尽沧桑的佝偻的汉子
日夜不能
放下生命的包袱休憩
因为美的根须
已深深地,扎进你的心里

辣椒

你的新嫁衣
是一袭姹紫嫣红的旗袍
你的香味
是献祭日子的灵魂和躯体

甘于你的诱惑
我一直在爱恨之间纠结
一生一世
都逃不出柴米油盐的囚笼

一阵晨风
送来了蓝天白云的祝福
炊烟环顾四周
期待着斑鸠飞进古老的村庄

而你,在我的体内
早已化为汩汩而流的热血
好像时蔬的小家
只能去依赖田地的铠甲

城市

一条条大路小道
穿过了
旧时代的帷幕
把那些高大威猛的建筑物
装进了他的心境里

因为要养家糊口
工人夜以继日地劳碌着
因为金钱
商贩们起早贪黑
因为房贷车贷
职员被迫精通谄媚和算计
这些，他都一清二楚

一场暴风雨过后
他思忖着繁荣的策略
却画出了星月
多么艰巨又灿丽的一件事
使生命遵从真谛

阡陌

来不及了
春天的影子已经损毁
零乱地，濡湿地
覆盖着我的目的地

老黑牛说
忘掉这里的秘密吧
河流洗去了往事的污秽
你是否察觉到了

那边的灌木丛里
有一个擅长偷花香的贼
傻得实在
可是又有一点悲戚

晨光和煦，白云飘逸
日子变幻莫测
真的很庆幸
谁也不知道我的使命

云堆

曙光在天边打盹
任凭西风吹去浓雾
我笑了
俯视着二月的大地

飞鸟诉说着什么
美,变得澄净
通过一串串酸甜的露珠
保持着原始的形状

自由的地方
容易疏忽时间的手段
于是,我十分害怕
鱼和水的婚约湮没了去向

像一条天梯
被人间臆想了千秋万载
仍然无法建造
这种关联,太纯粹了

凛然的雪花

为什么爱使你苍白
悲悯人间疾苦
轻盈的舞姿
来自那遥远美丽的国度

为什么爱使你流泪
而你用泪水
哺育的山村旷野
变得无比嫩绿

为什么爱使你隐匿
在漆黑的泥层里
心甘情愿地
献出自己崇赫的生命

命数

最后的一场暴风雨
淋湿了他的故事
门和窗
不愿拒绝一点点的企盼

发现了吗
田野有一串浅青色的项链
随着雷电的怒吼
无尽地沦陷
在耕牛的那双眼眸里

泥泞的曲径上
他丢掉了心灵的包袱
却忘记了
还有一把打开日子的钥匙

今生

我惊羡松鼠的住所

营造春天的梦

它的邻居是小鸟

不要诧异

树影曾向我打听太阳的事

关于如何点亮心房

我没有回答

因为很多参不破的真理

就像一片蒙蒙雾霭

远看

有着非常壮观的身份

近看,白晃晃的

一点痕迹也不存在

这样悲哀吗

不,空气一般举足轻重

解放日子

他的心境

总是被云雾缭绕着

找不到

唯一出口的方向

你说

不要纠结,不要矫情

趁天还没亮

赶紧送走星月吧

解放日子

让灵魂复苏

让风的羽翼拂去苦愁

让春雨飘入山村的梦里

他觉悟了

以救赎者的身份

入局

午夜时分

我穿上了月光的婚纱

四周

一片蛙叫虫鸣

好像一支安眠曲

散布着宁寂

那条古老无尽头的村巷

已熟睡了

它被幽禁在梦魇里

非常麻木

又要掌管爱情的头衔

让人哭笑不得

最奇怪的是

一辈子不离不弃的夫君

竟然是我的影子

为什么

忠于贫苦的生命

老村庄

今天
阳光格外殷勤
填满了空荡荡的心房
使她忘了
寒冬带来的病痛

前方,魁梧的山风
拿着梳子
帮雏菊和树木梳头呢
你听,它关爱的轻声细语

土地已经复活
在原野上,在村庄里
随处可见
嫩绿是战胜死神的证据

她传述的习俗
无法承受历史的悄悄质疑
就像水牛
偶尔遭到蚂蟥的伤害

交易

我老了
满脸岁月的留痕
颤颤巍巍地
站在玫瑰的面前
祈求它
使用满身利刺
帮我戳穿爱情的诡计

然而
它要的报酬
竟然是我的心头血
它说
鲜血染红的花朵
能弃绝丑恶
成就百折不挠的春天

这是一个真实的梦境

你的明辉
是否
妥协了命运的欺辱
从来没有人
能够战胜暴风雨
最终
一退再退
失去了青春的据点

你的劳碌
现如今能值多少钱
如同美丑的搏斗
尘埃
掩盖不了过程
这是一个真实的梦境
随时随地
索取着时间和精力

暗夜

心,以诗的名义
制造了一场干净的仪式
为了名利
却玷污了春天的形体
此时
黑暗包围了灯光
影子悄悄地
献出了白色的伟大的泪点

远方,无法丈量
已被泥土埋葬的思维
代表了种子
可是,能不能生根发芽呢
谁也不知
月亮喜欢窥视人间
像一个巨人
可怕的高度决定了权力

稻草人

曲径上
飘扬着油菜花的寂寥
你用泥巴
造出一个小家
一直以来
都藏着一个血色的情结

阳光的灵魂
吸食了嫩叶上的露珠之后
挣脱冰冷的镣铐
而你，自从远离俗事
就开始转运
瓜分了蜜蜂讴歌的领土

美丽天真的春雨
来自天庭
却出现了感冒的症状
没有人比你更爱这片田园
千言万语
不如默默地守护着

零度

风的咒语
是一片无边的癫狂的寒冷
大张旗鼓地
改写了城市的故事
悲辛的日子,什么时候到头

她捡到一枚陨石
精美,明澈
据说是春神之子的肉身
此时,它望着天穹
为那些受苦受难的生灵流泪

树木,被剃光了头
昏昏欲睡
她对着山岳大喊
死亡要偷盗你们的意志和温煦
让漫天冰雪为所欲为

一切都醒了
无声无息的力量

在土壤里与邪恶的命运搏斗

梦幻已经破灭

清晨孕育着正义的火焰

原委

清晨,我从镜中
看到了被金钱欺压的奴隶
它抱着手机
面无表情,两眼空洞
原来,灵魂早已脱离了躯壳
游荡在封闭的地方
无休无止
没有抗衡荼害的能力

我久久地凝视它的脸庞
这么熟悉
到底在哪里见过呢
直到一场风雨暴打房屋和树木
手机惊落地板
破损了,灵魂趁机溜出
镜子才告诉我
像你,像他,也像每个人

农夫编织春天

天穹默默地
撑着一把蔚蓝的巨伞
不知过了多久
轻风来了
路边的狗尾巴草扭动着腰身
对着骄阳莞尔一笑

农夫编织春天
围绕着一个温饱的心愿
多么悲苦
耗尽了黑牛的力量
田埂上的野花
早已忘了时间流淌的方向

斑鸠说
它是希望最奇怪的使者
犹如一片绿荫
深爱着慈蔼的大地
自由自在
所有的残害都不会得逞

我将你藏在心房

你离去的那一天
整个世界大雨倾盆，电闪雷鸣
我知道，上苍也悲恸欲绝
奸诈的婚姻
最终遭到了荆棘的惩罚

爱，一旦掺入了柴米油盐
就会摧毁一种神秘的美
所有的琐事
变成了一个梦魇
因此污辱归宿，革退幸福

甜蜜过后
是无奈，是疲惫，是相互埋怨
尽管，我将你藏在心房
结合已久的灵魂
仍然无法避免世毒的侵蚀

这些传说

失败的山巅

有一座号称成功的府邸

里面只住着伟人

黑夜的孪生兄弟是太阳

它们矛盾地

又和平地,相处了千秋万代

这些传说

我一直坚信不疑

命运越使坏,信念越强悍

代表了嫉妒的欺凌

却不能击败希望的脚步

如同罪孽

习惯了推卸责任

它浑然不知,真理因此而来

农妇归家之后

黄昏爬过竹篱墙
鬼鬼祟祟地
试图中止小蜜蜂的欢宴
却很快,被黑夜吞噬

此时此地
春风毫无顾忌
悠逸地,摇晃着一畦菜花
原来是偎傍月光的特权

在梦境,它说
你的来去只是一厢情愿
就像空气
无人探究的踪影成谜

幸福，为什么吝啬

我听到夏天的喘息
从人来车往的街道尽头传来
似一个女工
在流水线上一边忙碌
一边忍受着管理员的斥骂
似一个快递员
日晒雨淋时，一身急躁的汗味
时而担心被投诉扣钱
似一个小商贩
推着三轮车走街串巷吆喝
到月底不够一家老小开销
似一个司机
长时间地固定在椅子上
一不小心，就遭到死神的刁难
幸福，为什么吝啬
真是一串令人怅惘的省略号

赏罚

在年迈的市场旁
有许多条道路,长短不一
尽管
它不是春天的宠眷
但仍伴守着,熙攘的生命之门

一阵狂风袭来
太阳早已躲进了屋舍
树木在打战
满天的黑云掷下仇恨的雨珠
不断地挑衅人类的底线

摇摇欲坠的商铺
终于明白了
金钱的坑蒙拐骗招来苦刑
唯有道路欣喜
它习惯以这种方式去磨炼心志

启示

昨天,娇艳欲滴的桃花
悄悄地告诉我
蚱蝉讴歌的时候
她的爱,已经被泥土埋葬了

我的泪眸
沉迷于施与力量的事物
无论怎么挣扎
都逃不出时间的手掌

就像夕阳的婚约
付出的代价是光芒的魂魄
我等了一会儿
黑夜就画出了朦胧的宅邸

一夜趣事

幽梦里的萤火虫

出乎意料

开辟出一条灵魂之路

仿佛

夏季爷爷手中的一根牛绳

粗而有力,长而有度

又那么温软

缠绑着我的心房

困极了

家神也打瞌睡

一只小花猫蹑手蹑脚地

爬过院子的矮墙

它总喜欢偷走山村的烦琐

和青蛙的歌谣

这时

疾风将一枚金色的月石

镶嵌在夜幕上

我知道是日子的符号

光的种子在哪儿

春雨来了
据说,是上苍的旨意
它想用一片清凉的水纹
摄取稻田的洒脱
无意间
描摹了一幅晦暗的油画

人们躲在楼房里
关紧门窗
从不理会它的规划和悲喜
到最后
黑牛质问野草的行踪
遭到了几只飞鸟的嗤笑

一个小孩
蹲在阳台的栅栏旁
好奇地看着远方朦胧的山岭
光的种子在哪儿
春雨说,已变成一双筷子
戳穿了时代的难题

谁曾想到

你的影子,干干净净
不像往事
被一层厚重的污垢覆盖着
命运,难以更改
权力和财富也徒劳无功

当你懂得反击
所有的魔鬼都要战栗
谁曾想到
这就是惨遭黑暗欺压之后
爆发出的本能的一种狠戾

如今,你潜伏在晨风里
伺机行事
只为揭开痛苦的真相
雾霾已经消散
空气又开始闪光地生活

驿站

也许,心愿那神奇的力量

还没有扎根

也许,鸟雀的悄悄话

川流早已知晓

也许,你不敢走进山野的府邸

怕惊落一串串稻穗

这么多年了

只有安宁的驿站

才能解救生灵的迷惘和凄惨

一段枯萎的情缘

使你一直匍匐在星月的荣光之下

扮演着奴隶

美丽的皮囊困于一场梦

后来,随同嫩芽冲破了绝境

机缘

寒风填满的日子里
透出一缕光
柔美,又有一点彪悍
像梅花的笑容
我不知道是太阳的怜悯
还是缪斯的眷顾
总而言之
我是透过一片灰色的迷雾
隐隐约约地
看到希望向我抛媚眼
然后,又向我招手
快来呀
这里是瓜果蔬菜的家园
没有恶毒和算计
禾苗在歌唱,蝴蝶在跳舞
如果愿意
心境永远沉湎于此刻

表述

金蝉在窗外训斥夏日
任性有用吗
你连自己的心都没能焐热

一阵山风吹淡了烦闷
带回很多乌云
一会儿，就拼凑出雨神的轮廓

我提醒过树荫
它却不在乎电闪雷鸣的怒吼
也许，这是一种境界

由此可见
生活的海浪又黑又深
像道路坎坷不平的禀性

一畦苞谷苗倒下了
唯有我的信念
矗立成一座英武的山岳

局限

快乐签订了忧愁的协议
眼泪是导火索
多么僵硬的一局
为了分解痛苦的元素
不知不觉,完成了无尽的夜思

缥缈的月宫
虽然一直把窗扇敞开
但是,无人能进
它的光芒,摇曳着一种芳馥
使迷途的生灵找到归宿

一切事物都有正反两面
而公理的位置
最让世界尴尬
它喜欢居住在流星的瞳仁里
品尝自由自在的奥秘

在山路上

你一定醒了,荆棘
我的故人
阳光继承了欢畅的魅力
鸟儿飞过村庄
寻觅一句潮湿的诺言

善与恶对峙
你的阴谋诡计多么可笑
多么猖狂
神圣沉静的苍穹
已经知道痛苦的祸端

现在,你怕了吗
松林上有一个宝座
我曾看到
美丽的花精灵坐在上面
惩罚罪孽深重之人

像春雨一样

我忘了你的名字
也许
最后一道淡蓝色的背影
只是萱草的故事
我不得不承认
自己是一个幼稚的老人
荒废了白纸
害怕闪电打雷
而你,喜欢跟大公鸡斗嘴
最后耍赖
我想编织一张情网
网住炊烟袅袅升起的一刻
网住山野的目光
网住飞散的麦籽
像春雨一样
无边无际,随心所欲

梦幻

我把褐色的睡眠

种在院子里

于是，它服从权威的天地

长成了一口井

里面

全是青草的乳汁

四月的云絮见了兴奋不已

追问我，抵达的阶梯

干枯的阳光

因为有一颗透明的心灵

经常博施济众

如今，围住了最羸弱的房屋

我沉醉了

在那个山寨的角落里

临末

成功剥夺了精力
多么轰动
一簇鲜花竟然死于抑郁
好像
冬天的冷汗
敏感得匪夷所思

得与失,由谁掌管
这个秘密
麻痹了时间所有的痕迹
风雨洗掉罪恶
刹那间
彩色的新魂重回大地

作用

今天,泥土抓住方向
你怀疑斋戒
是初春的邻居跟它开玩笑
那个家伙
如同苜蓿草,那甘美的隐私

雨珠通过了审核
忠实于,嫩芽完整的心脏
你火急火燎地
追寻知更鸟的光环
竟然不知,它藐视种子的天赋

田野为什么叹息
你不该试探又聋又哑的特权
从古至今
都是它无休止地创造食物
筹谋生存,却从不声张

还原

黄昏匆匆凋零了
一封遗书
平铺在烟囱的记忆里
我的心
是打开黑夜的钥匙
此时此刻
正小心翼翼地
营造一栋寂静暗黄的木屋
星月忘记了归路
飘荡在荒野
我为什么频频张望
前方
秋风的眼泪
已经滴湿了桂花树
又要征服梦境
这个过程，引发了骚乱

夏至的词句

最后一次见你了
虽然无语
不代表爱的火焰已熄灭
清晨里
荷盘与娇花相依相偎
风雨要暴乱
俗世也管制不了
我抓住六月慵懒的尾巴
只想
采撷芳香一把
装饰暗沉的日子
然而，你那迷人的睫毛
闪着光华
我深陷于诅咒的泥潭

青荇

山村，唤来晨光
笼住了
你与河畔的一切私语
文雅与庸俗
早已区分了生活
我为什么要苦苦纠结呢
小黄花替你
戴上了朝露做的耳环
我才屈服于命运
清爽的风
拿着一把无形的镰刀
解剖半空中
那一团丰腴的云彩
后来我看见
你安卧在碧波上
像一个粉嫩软萌的婴儿

放过自己吧

放过眼眸吧
别再让它被滚烫的泪灼伤
因为
它早已伤痕累累

放过心灵吧
别再让它挑衅岁月的利刃
因为
它早已千疮百孔

放过自己吧
别再沦陷外界的流言蜚语
因为
成功永远需要僻静

彗星

听说

你就是春天的长髯

雪白,无边

带着一种灵性掠过穹顶

一瞬间

就觉醒了爱情的波澜

千态万状地

搅动着我的心海

四周,像一片黑幕

为了捕捉生命迸射的异彩

呵护大地的睡梦

从你与云翳私奔开始

五年光景

到底改变了什么

我在等一个渺茫的身影

转机

路旁的苍耳
无奈地,看着过往的步伐
它在思忖
黏附着水牛的心
能不能找到清泉的小家

两个多月了
夏季的雨云不见踪影
荷塘
已布满了纵横交错的裂缝
枯萎的茎叶耷拉着

午夜的时候
突然,刮起了一阵风
慰藉村舍的啜泣
紧接着,无数颗雨珠落下
啊!是梦的馈赠吗

庙像

你盘坐在时光上
静静地
看着殷勤的虔诚的香炉

肉体与灵魂
交付一缕不朽的烟影
慈悲隐伏
保全每一个昼夜的心府

她的信仰
似月季,长满了利刺
却只能刺痛自己

你凭借着爱的旋涡
淹没了是非
被诅咒的家犬
跟随着她的影子来磕拜

自然的奥妙

草露,因为内心璀璨
生命才短暂
云帆,因为灵巧的魂魄
才被碧空湮没
而你因为爱,才与田地做伴

阳光是一位丰腴的宾客
历尽了困厄
从村口的江畔,缓缓地走来
此时,野花的羽翼
驱散了农家的闷热与迷惘

你呆呆地看着灶火
回溯得失
身旁的小狗,啃着希望的果实
毫不介意青竹
在窗外偷觑铁锅的杰作

他的回答

一块静止的空地
使他绘出了生活的图案
春天叫醒嫩芽
水牛和犁耙,是他前途的工具

他的烟斗失踪了
就连蟋蟀,也变得闷闷不乐
等到覆盆子熟的时候
一场风雨早已销毁了蛛丝马迹

谁在乡间小路上喟叹
松树,还是石头
溪水为什么要苦恋迢遥的大海
他的回答,推翻了一切卑微

旗袍颂

娇艳欲滴的荷花
是不是
你遗忘的前世的荣华

光芒万丈的太阳
是不是
你高贵的不朽的心房

爱情有了你
增添了神秘和典雅
再也不惧怕,岁月的魔爪

你似一片皑皑白雪
柔美地
包裹着大地母亲的腰身

成熟

倾盆大雨过后
萤火虫
终于体会到房屋的苦厄
和树木的悲泪
于是
它回到黑暗里织造火花
摇曳乐趣
诠释一份微弱的自由

像一位伟大的艺术家
将心愿逼成方向
孤独地，跋山涉水
昼夜兼程
最终，寻到了嫩芽的呼吸

赤裸裸的星月
充满鄙夷
因为，它曾是生命的逃兵
如今的改过自新
也抹不掉恶劣的污点

很快

群蛙尖锐的嗓音

戳破了它膨胀的美梦

那个怪诞的雨夜

我到过故事王国
那里
是一切文字堆垒起来的山巅
是生命的最高机密
是乐趣的纽带
那里
花草树木，飞禽走兽
都会说人话
却视我如粪土，非常傲慢无礼
通过日子的符号
我知道
金钱腐蚀了它们的灵魂
以此划分，高贵与低贱的身份
守门虎利用手中的权力
暴戾恣睢
我驾驭梦境悄悄溜走
当时的恐惧慌乱，无法形容
也在那一刻
我永别了故事王国

豆角

夏天的一根白发
缠住了竹篱

一片熏风
送走了山村的晨雾

院子里,花叶翩翩起舞
小麻雀赞不绝口

祭祀往事的一杯烈酒
醉红了荔枝

日晒雨淋的青藤
虽然苦,却是一种幸福

不用揣摩
人心的善恶与真假

要求

广袤的清夜
让我在你的怀里休憩
享受山风的抚慰
直到海枯石烂,末日来临

其实
要求就是这么虔诚豪奢
为什么爱情
总是害我遍体鳞伤

空荡荡的月宫
是嫦娥悔恨的归宿
缥缈的影子
何尝不是我终生的伴侣

复活的隐秘

搁置在春天的遗产
是斑鸠,是嫩芽,还是阳光
大概的形状
我也想不起来
因为,青苔长满了心境

一个琥珀色的典故
由此而来
醒来吧,像野马自由地呼吸
像鲜花一样微笑
千万别让金钱羁绊人生

死于冰雪,生于泥土
不断循环
经过风雨和汗水的权威鉴定
这是幸福的根源
山魂对我说出了隐秘

巨人

他的脸上
刻满了疲惫的沧桑
一看就知道
出自生活之手

他的内心
甘愿扛起爱的债务
沉重
因为有契约的束缚

神赐的灵感

你乘坐着第一道曙光
带着花香
来到我的身边
打开了心门上沉重的锁链
吻去了窗台的眼泪

只有这一刻
甘美和高贵,才真正属于我
激起希望的狂潮
命运不敢再剥夺爱的权利
它害怕天国的法规

你看
江畔的树木
结出了一个个玲珑的相思果
像不像飞鸟的渴慕
像不像我那激情的火焰

梦想的诅咒,恶毒又穷困
让我爱恨交织

如果没有你

时间会被俗事囚禁

我也会,永远找不到童趣之乡

独行者

我醒了,亲爱的土地
这个时候
谁还想甘于庸俗
敢爱敢恨,是时代的楷模
是鲜花的王冠
挣脱愚昧
然后,希望点燃了太阳
那无边无际的信仰
却痴狂地,宠幸一个个树影
我看到鸟群
在山野的上空嬉戏
曼妙的河流
静躺在清风强壮的胸怀里
关系,多么神圣
忠实的道路啊,我在哪里

木桌子的人生

方方正正的木桌子
模仿着
岁月的妻子
端起一杯烈酒
任由黄犬在农屋里乱窜

它的灵魂
早已赦免了电锯的罪孽
享受蜕变的安乐
为什么真理
还要揪着死亡的辫子

生活的元素
创造出一日三餐的艺术
它的心，藏在太阳里
遥不可及
静静地忠于使命

母性

春雨
是乌云的乳液
轻快地，洒落山野
嫩芽
像胖乎乎的婴儿
正在慵懒地汲取

屋檐下
有一只避雨的母鸡
几只小鸡
钻进它的羽毛里
叽叽地叫唤
偶尔，探头出来张望

淅淅沥沥
形成了苍茫的摇篮曲
炊烟
展现慈爱的轮廓
因为柴火
已烧毁日子的悲苦

醒悟之前

那晚的弯月,细如情丝
与你紧紧地
缠住了他的明眸
缠住了他的心
为何要,灼热地汹涌地开始
四年之后
却以两败俱伤结束
爱的武器,一定是折磨吗

须知,生活的本质是烦琐
欺骗,嫌弃,争吵
一旦侵入
就会鸡犬不宁,雪上加霜
他经常夜不归宿
而你,这个免费的保姆
越来越憔悴苍老
是非曲直,从此失去了意义

像蒲公英的花序
被迫离开根茎,到处寻找春天

最后才发现

生命的最高境界

竟然是,你的孤独爆发出来的强大

摔倒了,爬起来,擦干眼泪

继续跋山涉水

唯有如此,才能抵达福祉之巅

荔枝熟了

鸣蝉
打开夏天的门扉
风婆婆
拉着晨光的小手
气喘吁吁地，走进来

因为炙热
她把江水的纹理织成巨伞
再镶上无数颗红豆
近看，像华屋
远看，像艺术的火焰

激动的山村
立即扑向这伟大的奖赏
她知道
那些垂涎的笑脸
是征服了厄运的佐证

婚后

你坐在桌子的对面
跷着二郎腿
眉开眼笑地,玩着手机
一切静谧
连碗筷都沉溺于网络
那虚拟的世界里
香车别墅
美人围绕,八珍玉食
属于帝王的待遇
如今,你终于得偿所愿了
而我的存在如垃圾
忍受着,被嫌弃的痛苦

可能的事

魁梧的大海
一直爱慕着洁白的云朵
总想着有一天
她能坠入自己的胸怀
商船却说
你的想法，多么愚昧无知
比做白日梦还要可笑
你在人间
而她居住在天庭
犹如平行线，永无交集
大海听了
没有生气，没有辩解
更没有放弃
只是默默地祈祷那一幕

标本

红叶离开土壤
失去了呼吸的权利
它爱惜身体
为什么心甘情愿地受罪

它的血液被风榨干
痛到了极点,便是蜕变
生命的纹理
像一纸枯黄的遗言

可是,它还活着
此刻静静地
耸立在岁月的头顶上
闪烁着胜利的光彩

因为俗世,前不久
得到天堂和地狱的指点
更改了法则
藏在《圣经》的中间

预感

清夜的翅膀
一不小心被烛火点着了
熊熊烈火
蔓延到了你的心里

烧毁了无形的镣铐
接着,又终结梦幻的诡计
你苏醒了
于是,希望诞生了

黎明的一缕微光穿过窗缝
你看见日子在笑
从此以后
不用乞求命运的答允

一曲晚霞

我的竹篮
不仅，能装野菜
而且能装春天的诗

清风追着田埂
好像两个小孩在玩耍
惊动了稻谷的嫩苗

天上的锦云
激动地，看着土地
归家的耕牛依依不舍

有了鱼腥草的暗示
我才读懂
山野的至理名言

原则性

时间是偷盗阳光的小贼
神秘,冷漠
毫不畏惧万物的宗旨

它一直隐身于俗世
总是趁人不注意
把真理,幽禁在黑暗里

它指使命运来捣乱欺虐
从诞生到逝去
一点点地,耗尽能量

它没有七情六欲
世人的折腰俯首有什么用
只会增添痛苦的泪水

呼吸的观念

前方

一条颐指气使的江流

割断了去路

晨晖的客人,你从哪里来

为什么这么忧虑

导致孤独

习惯了赤身裸体

以此证明一颗跳动的心

后来,你的手脚

你的头脑

被金钱的绳索紧紧地缠住

全然忘了挣扎

自由的羽翼,埋进泥土

受尽委屈和苦楚

才成为秋天

你笑了,融入一缕炊烟里

义务

你望着黄昏
消融了远山的僵硬
成为
一幅写意画
任由疾风的手把玩着
窗口,装满故事
却没有题目
为什么
树木和道路又聋又哑
还要"贪婪"
每当你从那里经过
总想索取童趣
它们的血液
是最干净最清甜的泉水
你知道吗
黑夜向明月求婚了
答不答应已无关紧要

末梢

昨天
一片一片地
剥离了温热的真身
一眨眼
皱纹,白发,佝偻
犹如悄无声息的邪术
控制着魂魄
抛弃忠贞的生机

所谓的不朽
是幻想出来的私产
只有爱
结合至高无上的神威
才能反击厄境
贫与富,美与丑
都摆脱不了
衰老和死亡的酷刑

一个圆形的梦

我和夏天并肩而行
多么欢快
广袤的土地醒了
一直不说话
只是望着一大团棉花糖

干净的白云
喜欢跳舞的绿草
这个时刻
献与我,一点点宠爱吧
太阳即将下山了

童年已被泪水填满
我甘愿失忆
困在山野间,永不走出来
饿了,就吃野果
渴了,就饮山泉水

我是藤蔓的仆役
一心一意

要攀往和睦的农家小院

斑鸠是闺密

帮我卸下全部烦忧

情债

像春风
撒下了一张希望的尘网
色彩缤纷地
网住了我的生活

雨水,浇灌庄稼
却从不要回报
黑牛一生都在协助耕作
却从不要主人的酬金

我不会忘记
蜜蜂那一双勤劳的翅膀
我不会忘记
大海那一片辽阔的胸怀

璀璨的太阳
代表美和爱的寓言故事
我偷偷地哭泣
流下欢喜的眼泪

蟋蟀

草丛的小住宅里
塞满了书信
寂静的,又澄清的观点
引领一条山村小径

泥土的语言
经过阳光的过滤
温柔地叮嘱你
不要纠结,不要屈服

远处,时间的洪水
吞没了一切
打开门和窗
使之获得淡绿的奖赏

你的伙伴,蜻蜓来了
鲜花也来了
屋外,停着靡丽的车辇
收容圣洁的春天

他喜欢发呆

他喜欢发呆
像所有的树木一样
呆呆地屹立着
生长着
抗衡着暑热和风雨

他喜欢发呆
像蜿蜒曲折的江河
呆呆地流淌着
呼吸着
思索着人生百态

他喜欢发呆
像一片黝黑的沃土
呆呆地静默着
延伸着
守候着耕种的农民

变数

一场暴风雨来了
我在屋檐下
细数前方不倒的旗帜
四周
贴上了乌云的符号

燕子蹲在巢穴里
认真地告诉我
它有一个任性的武器
是光的种子
无奈丢失在河流里

夜神的士兵
傲慢地闯入一片村野
成为炊烟的主人
此时的我
咀嚼着劳碌的馈赠

聘礼

一片稻穗

诞生在他的心田

因为春天小姐

他献给了年迈的太阳

太阳说

这是一服最好的中药

治好了饥渴

却治不好人的贪婪

贪婪如旋涡

吞噬了真理的意义

不用多久

又吞噬了灵魂的价值

他点点头

向即将落山的太阳

鞠了一个躬

走进寒冷的暮色里

不速之客

傍晚
拉开暴雨的珠帘
一只熊蜂
因为惊慌失措
随着一阵盲目的疾风
进入我的斗室

它喜欢冗长的灯管
吻去了尘埃
一边歌唱
一边欢快地旋转
遇见的瞬间
我识破了金钱的诡计

倦怠关了灯
逼迫我在黑暗中休憩
它的反抗
是疯狂地撞击墙垣
如同鱼离开了水
如同蔓草离开了泥土

晨钟唤醒生活

我才发现

昨夜的那个不速之客

如今奄奄一息地

躺在冰凉的地板上

它的力量已交给了幽梦

托喻

太阳的脸上
挂着最权威的微笑
示意鸟群
远离监禁骸骨的坟墓
而我,毫不知情

此刻,松树在凝眸
风舞动着
洁白如玉的裙裾
来到它的身畔
美的定义成了我的累赘

荒凉的山路
伺机绊倒我的脚步
一个血红的愿望
经过拯救
终于在夏季里萌芽

生活的空隙

中午的天空

被凶狠的台风凿成黑洞

像土壤

那深不可测的心脏

我站在门口

默默地,看着远方的山寨

影子上的翅膀

已失去翱翔的权利

一只松鼠

躲在家里吃零食睡懒觉

捣蛋的雨珠

拼命地敲打着屋顶

院子里的井盖

长满了青苔

此刻,它向烟囱哭诉烦忧

使我想起感冒的野菊

你刚哭过

没有一丝风
这一夜,静得古怪
你刚哭过
满头的白发,疲惫不堪
褪去了所有的光泽

是谁的罪孽
扼杀了你的青春和爱情
从而欺辱你一生
你的唠叨,你的迷信
让日子越过越孤苦

皓月寻找一场梦
来到你的窗前
发现了一堆破旧的心事
压坏了床榻
你却舍不得丢弃

擅长

山风
是草绿色的舞者
一切观望
依赖着——诡秘的灵性
使它获得了
不死的逍遥的荣誉

没有预兆
只剩下质疑的呼吸
黄昏
已填满了心海
看,无形的脚步
它跑过山林,跑过村舍

躯体轻如空气
不知疲倦,无边无际
有时
它也会渴慕梦乡
沉默和孤独的对话
总是那么绵长

角度的原因

树叶
被骄阳晒痛了
为什么
它还要鞠躬感谢

船只
被海浪不停地拍打
为什么
它仍然兴高采烈

云朵
被疾风吹残了
为什么
它感到如释重负

公鸡
被黑夜蒙住了双眼
为什么
它能安稳地睡去

戒条

梦是黑夜的情郎
他的手中
握着几缕古老的微光
一瞬间
就驱散了一切欲望

他坐在云翳上
认真地
建造着星月的宅邸
一阵西风
拂过修长的身影

他一直认为
爱是温热的血液
也是一个巨大的囚笼
夏夜的樱唇
吞噬了桀骜的踪迹

蝉蜕

圣洁的爱慕
让我抱紧树木的腰身
慢慢地
挣脱痛苦的枷锁
体验一种重生的仪式

河水,多么欢畅
展现着技能
像一个慈善的老农妇
在黄昏里
默默地为我祈祷

封住窗门的嘴巴
聒噪消失了
我成了大自然的一颗黑痣
玲珑的形态
正在祭奠死去的光阴

为了梦想

苍鹰
啄破了俗世的铁网
展翅高飞
它像一个渺小的英雄
掠过生命的海洋
掠过一切村野
迫切地,寻找阳光的嫁衣
赠予颓废的土壤

狂风暴雨的刀戟
已刺入
一颗不甘平庸的心
血染的胸怀
焐热了幸福的种子的冬眠
爱和肉体,被迫坠崖
云辇相依
它的灵魂永穿梭在穹顶

醉态

一只老蟋蟀
从狗尾巴草的宅邸出来
迷失在夜色里
朦胧的荒坟张开血盆大口
想吞噬夏季的希望

今晚,为什么这么凶险
四周死一般寂静
它的双脚
惊慌失措地颤抖着
心里盼着,萤火虫出来溜达

一阵朔风吹来
树影,像一只只豺狼虎豹
张牙舞爪地扑过来
它来不及喊救命
就晕倒在山路的胸怀里

远行的真相

我永远忘不了
你最后一次的回眸
使春阳
瞬间就黯然失色
也是那一刻
燕子衔来野草的财产
堆放在一起
好像
岁月的一把小黑伞
暂时能遮风挡雨
逃脱了世俗
我走在幽冷的山路上
一边歌唱
一边捡拾你精致的泪珠
没有人知道
终点是城市的空隙

三叶草

他终于明白了
失去和拥有是孪生兄弟
屈从生命的定律
在时间狡黠的眼睛里
白色的轻风
腐蚀了山村的话题

他喜欢自由
编织了一个璀璨的梦想
以神秘的彩云
作为强壮有力的翅膀
出发之前
要把心里的痛楚清洗干净

他一直害怕孤寂
却忽略了泥土
这个最可爱最忠贞的妻子
情爱之花，早已干枯
归宿在哪里
静静地等候冬去春来吧

带刺的爱情

我问一朵灵秀的红玫瑰
"你什么时候消逝
脱离人类的掌控
爱情——是否跟着你死去"

玫瑰花默默地站着
仿佛生活里的一抹火焰
在清风里
矜持地,忧伤地,凝视着我

夕阳唱起古老的情歌
不知不觉中
我的热泪玷污了泥土
于是,揭开了内心的伤疤

绽放的玫瑰花
你是幸福唯一的永远的情人
与生俱来的娇艳
带着刺,抗御无数次的伤害

秋天的吻痕

镰刀生锈了
妈妈说
是琐事腐蚀了日子
每当秋风一吹
总能闻到煎鱼的香味

院子喜欢热闹
画出了一个个脚印
老母鸡钻进干草堆里
发现一窝蛋
已变成小孩的面包

我坐在门前
听树上的鸟雀唠嗑
由于习俗
黎明送来露珠和鲜花
点缀村野的面纱

如同符咒

我们
都是沙粒
时代的洪潮
把金钱的定义吞没
船只哭了
生命,为什么创造痛苦

太阳走过高山田野
午夜时分
潜伏在你的心房
竟然,成了梦魇的武器
醒来的时候
桂花已经嫁给蟾蜍

美与丑的战争
如同符咒
悄悄地,融合整个世界
西风的手指
多么纯净,多么神奇
撕毁了浓雾的绝望

起点

天黑了,蜗牛回家了
偷走了洁白的萤火
因为孤独
野草的脾气
化为穿过重重障碍的力量

这一刻
坚硬的石头破裂了
江流,却在微风里打盹儿
它浑然不知
刚刚发生了伟大的事件

所有的星斗都看见
门窗紧闭
接受着同生共死的考验
稻谷的小阁楼
被收藏在水牛的梦里

谁把灯关了
残黑一片,影子的妈妈呢

愿望果熟透了
还没来得及采撷
一场大雨已来到院子

贯串

晨光
扯了扯雏菊的衣袖
慌慌张张地说
怎么办
我把秘密弄丢了

雏菊问
你的秘密是什么
晨光想了想,庄重地说
它像爱情的帷幕

它又像山风的翅膀
被黑云的眼泪洗涤得
非常干净
岁月从不敢践踏

雏菊激动地说
我知道了
你的秘密在大海的心底
萦绕着午夜的约定

僵局

我在黑夜里
寻找一个传说
却找到几颗珍珠
零散地
镶嵌在梦境的长裙上

璀璨的光芒
和秋天的眼泪
凝固成了一面镜子
我看到
牵牛花的闺房在里面

这时,一条猎狗
拼命地吠起来
它警告我
如果越过俗事的界限
就要承受剜心之痛

白昼诞生了

枫叶坠落的瞬间

你的记忆

终于,摆脱了苦痛

溪涧哼着童谣

轻快地,穿过山林的心脏

留下甘甜的乳液

云朵,丰腴而又洁白

悬浮在半空中

像一个绵软雪嫩的婴儿

可爱极了

一片阳光,偷偷地降临

环抱你的倩影

献出无价的温暖

让我看清

象征着日子的一切形态

让我明白

神秘不是激情的借口

你的青丝乱了

被腐蚀的,只是一场幽梦

秋天的宴会

一只小麻雀
嘴里衔着曙光的荣誉勋章
飞进秋天的宴会

水稻是田野的独生女
穿着金色的礼服
羞答答地,站在清风里

山羊迅速地端起餐盘
一阵狼吞虎咽
南方的野草,多么鲜美啊

彩云喝醉了
晕乎乎地,跌入河流的胸怀
遗忘了天庭的归路

所有的宾客
都围绕着山林的身影
沉浸在轻歌曼舞的喜悦里

责问

我坐在生活的囚笼里
魂不守舍
想你的眼泪
湿透了明月折叠的小纸船

那年,你像一棵杨柳
把雨珠穿起来
挂在我的心头上
庄严地说"这是爱的誓约"

这几天,我想了很多
三观的差距
犹如一座山峰
残酷地,矗立在你我之间

如今,抽象的阳光
想方设法帮我驱逐贫苦
你在远方
是否还记得,那只挣脱的鸟

画中人

时间的印记
压迫着大地的真理
你的背影
成为最有个性的抗衡

在想什么呢
我看不到你的俊脸
一匹黑马
向我传授奔腾的课程

你手中紧握的绳索
无时无刻
不在提醒着我
你才是皇冠唯一的主人

勇士，君主，伟人
这些称号对于你来说
一文不值
你要的只是心上人的爱

清晨的车轮

曙光卸下一切罪孽
亲吻薄雾的脸
远处
河流平躺在田野的心间

西风激动地说
犹如大地的一根白发
牵扯出很多故事
遗憾的是,都没有结局

我坐在山路的身侧
把疲乏,交给一块岩石
斑鸠站在树枝上
看着锈蚀的铁锹傻笑

一滴滴明露死了
回归草根
悄然地,悲壮地
兑现了一个破碎的承诺

方言

你对着一轮夕阳
举起镰刀
四周,是一群鸟雀的地盘

汗水从金秋的身上
洒落泥土
稻谷承担了毒咒的后果

调皮的小树
正在和疾风玩耍
忘记了,寻找妈妈的方向

生活说
一切琐事的哲理
都源于爱与岁月的对峙

妄念

我的影子
随着一片游泳的枯叶
来到故事的古国

在这里
看不到一个行人
风云，飞鸟
无休止地，围绕着书阁
像跪拜一位英雄
透明的空气
遏制了欲望的荣光

一群小孩
正在分解情债的元素
他们并不知
情债是什么东西
只是，听从大人的安排

唱歌的太阳下山了
我的影子
再也找不到归路

弯度

青藤爬上一面矮墙
织出一个小家
窗和门
开始在风中规划未来

夏季,已经走远了
他的扁担
挑起了太阳和苞谷
篾帽抵挡了天空的刁难

一只害羞的麻雀
躲在树叶间
然而,静不下来
声音泄露了相思之苦

爱恋为什么
会被世俗的烈火吞没
这个答案
竟然藏在污黑的烟囱里

善意

一只小猫
邀请我到花丛中做客
我不敢答应
因为金钱
管制着人类的脚步

傍晚时分
疾风织了一对翅膀
献与我
并且诚恳地说
有了它,你可以去月宫

沉重的世事
如同一条大蟒蛇
盘踞在心头
即便有了翅膀
我仍然没有翱翔的权利

习性

春天
那些不值钱的眼泪
弄湿了梦乡
老人看着远方
发现了一块黑布

她想给秧苗
做一套瑰丽的新衣
灶台说
能不能把烟火绣上去
它害怕被遗弃

傍晚等待着
她讲水蛭的故事
后来
田野里所有的吸血鬼
都偷偷地自刎了

天轨

我忘记了飓风
因为天国的那本日记里
没有记录下
那个任性的闺名

我想支配一切雨点
认清生命线
它的所作所为
总喜欢，挑战树木的卓识

太阳躲在哪里偷懒
我有一句悄悄话
粘着电报
穿过了一座傲慢的城市

交点

爱情,终于发芽了
在他的心里
有一个庄严的小空隙
为了谁而保留呢

春雨的耳畔
等待着一群蜜蜂的颂歌
他的房间
早已习惯了灌满酒香

道路,你知道吗
时间永远
不需要一双虚构的脚步
它只会画皱纹和白发

泥土的价值
一直是他播种的情书
不要气馁
影子被阳光环抱着

残荷

苞谷的衣裳破了
它悲叹道
这是美挣扎的记号

可我分明看到
秋天的手
劫持了事物的信仰

喋喋不休的溪流
我喜欢
这一份奇怪的恩宠

可以主宰杂草的生死
汗水打湿记忆
阳光已戴上了帽子

九月的一个秘密
让蜻蜓孤独
如此迷茫,别无选择

爱,没有住所

一个椭圆形的谜
从不介意
晨雾的胡思乱想
它是一片山野的玩伴
芬芳,空灵
需要填补一份勇气

我站在河边
洗去了稗草的诱惑
也许
是十字架的庄严
使一只松鸦
心甘情愿屈服于残阳

生活的折磨
为何总是不期而至
爱,没有住所
清风以仆人的身份
打开了梦乡
要把罗裳赠与我

田螺

什么时候
干渴,成了你的弱点
我翻遍所有的史书
得到了一团雾

你的家,藏在水草里
看不见阳光
但我,已经察觉到
孤独创造了哲理

关于爱的扭曲
由权威的沼泽来审判
祸和福
永远是你的活法

现状

月亮褪色了
在窗外,小声地告诉我
它的机密年龄
别害怕
黑夜和梦乡是夫妻
早已弄失了打斗的锄头

过了一会儿
西风徒步而去
我就听到了蛐蛐的情歌
因为动听,墙壁哭了
爱的火焰
烧毁了所有的回忆

我经常忤逆时间
不肯睡觉
像一个调皮捣蛋的小孩
觊觎葡萄棚的身份
芬芳和甜蜜
是否成为苟延的宗旨

层次

自从你
成为篝火的养子
开始渴望天明
我的微笑
为什么像青草的暗示

野花凋零之前
给土壤写了一封信
蜗牛说
爱的沼泽,源于隐瞒
你从不在乎影子

它们扬弃卑微
知悉每一件事的脚步
我忘不了
风雨哭泣的声音
这个世界,注定了寂静

熄灭

一片草地
引导着秋风的思绪
我坐着
看见一切道路都消瘦了
静默地抚摩日子

月夜的深处,站着一个人
像一扇门
要找一个敞开的借口
他在等待爱情
盼望着我进入梦的屋子

我的空气
很累了,没有地方飞散
如果愿望破损
会不会被江流埋葬
一盏台灯,封锁了结局

如果下雨了

一件灰色的小事
遗忘了时光
还有杜鹃的自作多情
风太远
我不知阳光在窥视

你看着山村的笑颜
爱，沾满油烟
道路的命运，多么复杂
在泥土上
象征着生活的仆人

如果下雨了
我要躲到梦的羽翼下
你成了匆匆过客
松树怕痛
戴上斗笠，披上蓑衣

一对冤家

日子在残喘
一只蚂蚁,证实了这件事
我走过愚昧的江岸
它一直认为
已经掌控了灵魂的国度

忙碌时,哭干了眼泪
厄运也就离开了
我想抓住火焰的一页日记
消除恩怨
可惜,等不到天明

孤独诠释影子的个性
像苦恋的清风
吹来了一片秋天的悲凉
我不再纠结
爱与恨,是一对冤家

变色的小猫

天使,请怜悯一只猫
它是残疾的
又聋又哑,天生就这样
但是,它成了我唯一的伙伴

今天的山路
泄露了,欣喜若狂和行踪
它跑进北风的屋宇
我的双手,渴望着握住芳香

阳光包围一切
唯独忘了我有一个秘密
毫无疑问
生活,喜欢埋葬枯萎的心灵

猫儿失踪了
它将属于冬天的梦乡带走
我站在老榕树下
偷听两只麻雀的对话

白云的嫁衣

三月,一抹嫩绿的倩影
在你的心底远逝
生命的职责
绝对是鉴证日子的喘息

一直以来
我都弄不懂风雨的暗示

一份希冀的宁静
找到了火焰
然后,镶入白昼的胴体
染上玫瑰花的鲜血

后来,我才知道
喧嚣代表着金钱的脾气

爱情神圣的仪式
不是结合
而是我卸下你给的痛苦
穿上白云的嫁衣

紧接着,撕碎一切世事

踏上流浪的旅途

麦草的影子

一片宁静
是它不停挣扎的胜利

那年秋天
我从一条山间小路上
获得勤劳的晴朗
秘密的痕迹还在田野的心里

它是什么东西
是否比信仰还要桀骜不驯

我看见一只乌鸦
在时间的豪华客栈里休息
偶尔还会哀鸣一两声

迫不得已
孤独屈服于灵魂
灵魂最后又屈服于金钱

它摘下如金子般闪亮的帽子

扔到日子里

于是,食物诞生了

方巾

晨光邂逅一只黄鹂鸟
感觉,清澈见底
那是因为春天付出了血汗

而我在白雾里
埋下一个玫瑰色的故事
一瞬间的工夫
火焰便在心里熄灭了

最后你才问
还是不是电闪雷鸣的感觉
我突然想起来

母亲喜欢用它来捧坚果
恭恭敬敬地,放到月亮的面前
小声地虔诚地说
请您一定要保佑田野的孩子

意想不到的事情发生了
门前的石榴树
包庇着岁月的阴谋诡计

不朽的相思

太阳神藏在乌云的背后
你看,大地上的儿童
那是一位身材魁梧的勇士
慈眉善目,笑容可掬

这时的松树为什么忧伤
人们纷纷揣测
也许,它在向往富裕的世界
可冷风的本性充满了节奏

一切的不幸
都有一个不可言喻的故事
多么无奈
你寻访的天国里
已经没有爱情的位置

纯粹的忠贞已成艺术
从此,汇入一种炽热的规律
创造一片新绿的冠冕
她的倩影
在世事的狂澜里飘荡不休

成长

夕阳西下
我解开艾草的小围巾
山野疑惑地问
你想做什么
初春的狂风喜欢凌辱一切
千万不要成为日子的奴隶

我没有回答
只是忧伤地看着远村
那里，有珍珠一样的愿望
已经过去七年了
心里总想着
不要辜负那灵魂的香馥

渺小的感觉
多么朦胧，多么幽静
好像一个蹒跚学步的小孩
唯一目的就是独立
我要走了
寻觅一个生存的秘密

晚祷

她的心
随着蒲公英的翅膀
飘呀,飘呀
最后,被尘封在日子里

冬天在激烈地敲门
却没人理会
所有的人,都在忙着晚祷
上帝悄悄睁开了双眼
他一言不发
迅速地,画出美的深邃

于是,她的爱
得到河流的不朽庇护
远方是什么
月华哭诉着相思之苦

生存的祭品

夜,越来越冷
喧嚣只好躲进梦境里
灯光的秘密
让我习惯了形单影只

小家保持着天真
它总是宽恕痛苦的罪孽
几根香蕉
成为生存的祭品

我有一颗冥想的种子
种在日记本里
窗外的星月
是我唯一的最美的读者

现状

今天的冷风,脾气很暴躁
树干快被它摇断了
楼房快被它推倒了
此时此刻
天空,仿佛一块灰色的绸缎
披到了时代的身上

它到底想掩盖什么
在人生的战场上
金钱,名利,罪恶,交易
这些只不过是一场梦
梦醒时分
也许就成了苟且偷生的借口

一个衣着单薄的年轻人
竭尽全力地
推着一辆破三轮车
向出租房的方向,缓缓地走去
我发现他的车上
堆放着债务、压力和疾病

老农的心声

荒芜的田地,生锈的犁耙
你们知道吗
我的眼泪仿佛一场冬雨
忍受着孤苦伶仃的折磨
整整两年了
病痛,将我绑在床榻上蹂躏

金黄色的斜光从窗外偷窥
看到了破损的十字架
疲倦的炉子
还有抽屉里干枯的爱恋
布谷鸟拜访过我
带来了一封山岭的问候信

昨晚的梦中
我见到了死神的真面目
没有狰狞恐怖
相反,他是一位仁慈的老者
等生命之火熄灭了
他同意我与土地融为一体

知觉

一抹蔚蓝
只不过是你的微笑
也许
九月寂静的状态
如同得以解脱的波斯菊
它的心灵
没有了灰色的想法
天地的位置
总有一天会调换过来
你终于知道
自由
是一个小孩
推倒了生活的墙垣
回忆越来越远
残留一种烟火的味道
设计野草的人生

复杂

今天

又是一个消融的叹号

我遇见了苜蓿

它的鲜血

成为一页青色的墨迹

令人震惊

密密麻麻的语言

好像夕阳

撒下一张古老的情网

树枝上的小鸟

表达对永恒的敬畏

那一刻

我想将爱，画在山路的心上

可是，西风激烈辱骂

它的理由是

凄美的缘分最痛苦

磐石的一生

像一个老人
端坐在野草的身旁
呆呆地看着远方
手和脚
等待着燕子衔来钥匙

我摇摇头
叹了一口气
它什么时候才能如愿
打开那日子的镣铐
生与死,似乎与它无关

当好奇
变成扭曲的省略号
也许云影
只想试探它的呼吸
我恰巧路过而已

尽管

一片任性的枯叶
带着寂静
飘到了小河的心窝

西风悄悄地告知你
因为真理
它想洗去一个泥色的谜
追随灵魂的荣威

可是
冬天早已疲惫不堪
遗失了火焰的故事

夜色降临
一间半死不活的小屋
伫立在冷风中
守护着属于你的相思

坎

往事
弄丢了十一月的主人
从此漫无目的地
飘荡在污黑的尘埃里
这时，小斑鸠掠过西窗

玫瑰花卸下妆
它的美给了烟火
直到殷勤
彻底战胜迫不得已
黑夜制造出一种讽刺的情缘

日子上布满青苔
孤寂，简单
你的光辉沦为一滴汗珠
清风一触碰就碎
宛如生命那隐秘的标记

没有恨，怎么会有痛苦
她的孤影

已经消亡在村野里
代表着泥土唯一的小伙伴
形成了一道伟大的难题

楼房

看啊,远处
蓝空下面是什么
像极了生活的一块金子

在世人的眼里
刚开始是一座压力的大山
最后成为婚姻的证件

于是,小家背上了黑锅
爱情的交易
展示时代和利益的手段

希望变形了
它躲进寺庙的梦乡
只有这样,才能得到安宁

隐然

老村妇的帽子
是秋天编织的礼物
寂静,朴实
代表一种固定的颜色
像被拯救的方向

雾霾过后
屹立在巷子里的龙眼树
掉光了头发
我经过的时候
它仍然神采奕奕地微笑

谁坐在白云的渡船里
追寻着未来
一个慈爱的影子
漂浮在郁江里
大声地呼唤着我的乳名

残念

你走了
兜里揣着虚妄的爱情
乡间小路上
飘忽着凄冷和一片枯寂
一切都在忧闷里

财富的嚣张
在压榨一个瘦弱的身躯
让村野不知所措
生活倦怠了
就要毁灭鸟和天空的誓约

我从不过问
一场暴风雨的行踪
不值得沦陷
因为每一个明天的太阳
更温煦，更快乐

四更天

一个孩子的哭声
扰醒了替代冬天的美梦
黑暗为何
保护着隐姓埋名的小精灵
心甘情愿,还是被迫
我弄丢了一切猜测

一片草地在远方喘气
疲惫地活着
而我,窝在陋室的角落里
尝尽了恍惚的苦涩
尽管十分深沉
依然要盲从爱的诡计

一阵清风来敲门
谜团已被时钟解开
我终于知道
月夜,是一位睿智的盲人
它能看到寒露的王冠
和那些闪闪发光的事物

发明

沉重的智慧
压弯了生活的腰身
那一夜
狂风经过家门口
拿走了一串干辣椒

你在梦乡里
好像一个清醒的疯子
设计孤独的意义
永远执着于逆境的目的
留下一个小数点

一片荒草为什么生长
蜜蜂为什么忙碌
流星的秘密
是你疲惫不堪的痕迹
成功就埋在大海里

感触

时间的泡沫
表明虚妄的一种惩戒
孩子,你无须狡辩
有些琐事
反而习惯了以悔恨结束

无拘无束的快乐
总在不经意间溜之大吉
爱与恨
脱离了一个问题的国度
后来,又那么阴冷

伟大的光芒
不再是那轮残月的专属
它在飘洒
朦胧的天性织出梦网
如同妈妈的管教

湿泥

马齿苋的小家
喜欢一场春雨来拜访
寂然，冰冷
避免兴师动众的借口

我站在河边
等待一艘希望的船儿
青蛙累的时候
就躲进破皮鞋里休息

那边的小弯路
好像田野的一根情丝
缠绕着山影
从不理会俗世的脚步

谁的黑帽子
在天空上飘来飘去
山风想占为己有
一棵榕树拼命地阻止

反思

我的眼睛
透过清冷的小窗
发现
岁月的角落里
只有一种枯寂的烦忧

秋丫头的白日梦
经常暗示我
欢恋,不需要繁文缛节
可是我怕
人间烟火建造的囚牢

青涩的自由
竟然成了痛苦的武器
于是爱
踏上了提防的旅程
让昼夜心如刀绞

性情

青苔
因为长期的饥渴
而奄奄一息
生活不仅仅有灾祸

它垂涎牵牛花的美貌
躲在暗处窥视
像水中影的情人
苦等一片血红色的光

台风来了
一声不吭地剥削着大地
从远到近
引起鸟雀们的惊慌

所有的门窗在痛哭
祈祷安宁
这一刻,服从有用吗
大自然的怒火总要发泄

主张

痛苦的杂念
并非全是未来的障碍
深与浅,虚与实
无时无刻
不在拨动着秋菊的琴弦

仿佛浓雾的尸体
轻飘飘地安卧在山野上
寂静,需要一个过程
布谷鸟的出现
导致荒芜成了烦忧的根源

不要问为什么
不要纠结日子的残酷无情
幸福就藏在一颗露珠里
展示着平凡
最初,沉溺于物质的功劳

草灰

它诞生的地方
不是山路,不是池塘
遗弃的时刻
追忆灶台的心房

它是一片草灰
寂寥地离去,洒泪夕阳
不经意的邂逅
为什么挣脱了永恒

除了生活的苍茫
还有消失已久的温暖
它在飘荡
吻别了静止的村庄

归程

你的心愿变形了
苍苍茫茫
不再感叹,不再挣扎
失去一切期盼
蜷缩在冰冷的黑夜里
闪光的境界已被日子掏空

仿佛一棵披头散发的野草
吓坏了大地母亲
已经两天了
它仍不吃不喝,呆滞地
站在梦乡的身侧
麻木的城市在袖手旁观

我想起了远方
那年,桂花四处飘香
你的个性
征服了一轮娇羞的山月
不顾贫苦的利刃逼迫
付与一生的情意

路灯的谜团

一件冬天的衣裳
披在小路上
挡住了生活的蒙蒙细雨
冷不冷
取决于昏黄的灯光

它仰慕自己的呼吸
哪怕再苦再累
也会有一缕热气喷出来
前方是斗争
病魔也感到了恐惧

面对星月的质疑
车子和脚步唱出哀歌
日晒雨淋的伤痕在哪儿
一切喧嚣
凸显出城市的包容

半圆

一瞥午后的热情
轻柔地
缠裹着一个孤独的骑士
吊儿郎当的他
曾经是海豚的小夫婿
拥吻过娇嫩的山野
爱过牵牛花
许下过最恶毒的誓言
又在心灵上
画下一片沧桑的秋叶
好像贝壳身上的图纹
提示小河的脚步
他一直背负着多情的罪名
无休无止
后来,他才知道
一切道路流下的眼泪
都是一种又苦又辣的味道

青色的回应

他的目光黏着
一只飞过清晨的燕子
从人间到天堂
远了,爱情的踪迹

蒲公英说
年龄大有什么关系
只要春天的出口永久开放
就不会感到难堪

一天即将到达边缘
刻薄的要求
掩饰不了卑微
来自一缕炊烟的形体

清夜女士悄悄地降临
那些琐事的包袱
如果卸不下来
就要和痛苦相伴一生了

微弱的夜歌

狂妄是梦幻的俘虏
在黑暗的牢房
它流下愚昧的眼泪

成功在头上
它总以为踩在脚下

欲望教它傲世的本领
为何毁灭了本质
还要占领躯壳

烦忧像月光下的青藤
紧紧地
缠住生活的喉咙

后来看见
痛苦逼迫它来买单

过节

冬至的雨水
埋葬了大地的热情
晨光
你是世人的新娘
我的手心
遗弃了野草的帽子
怎么办
如果贫穷知道了
一定会责骂我
这一刻,老家的江水
流进了城市的眼睛
陌生在寂静里
成为
一个白发苍苍的老人
她站在渡口笑了

麦芒

远山的呜咽

从深秋的窗口传来

融入你的孤独

一片晨风

再次错过辉煌

缺乏一种波澜的激情

你的围巾上

有一朵金色的火焰

诉说着一个复杂的故事

不幸，欢乐

还有爱与恨的感觉

为何，总要埋藏在心海

白云是命运的形状

好像大馒头

饥饿，永久地控制着日子

一群小蚂蚁

霸占着野草的卧室

你不要以为宽容最廉价

病历

据我所知
在遥远的东方
有一张海洋平铺的巨床
唯有金钱和权贵
才有资格躺在上面
他们安静地
享受梦幻女神的慰藉

嘶哑的钟声响了
不停地暗示地狱使者
灵魂厌倦了面具
逃到了绚丽的太阳里
生死的较量
导致健康之墙坍塌
于是,痛苦乘虚而入

新芽的恋人

春雨,那抹寂静的微笑
多么羞涩
像极了杨柳的姐妹
一个倒影的朱唇
吻别急着归家的河流
黑云的船儿,已被冲刷干净

在一座山峰的背后
我看到太阳的心房紧锁着
怎么办
掌管钥匙的小燕子躲起来了
我千辛万苦抵达
难道注定是沉哀的结局

无边的苍茫
是田野给我的生日礼物
喜欢,并不重要
慢慢地习惯了劳碌的声音
杜绝了烦忧
泥土才献出桃花的契机

暮冬

光秃秃的树影
在山野小路上匍匐前进
我终于知道
那是因为泥土的身份
碾轧了一切的居心叵测

溪流的身旁
站着一棵瘦小的野菊花
穿着黄色的棉袄
被狂妄自大的北风
吹得东倒西歪

一个嫩绿色的承诺
幽秘，变幻
为什么要掩护痴情的根须
此时此刻，小鸟的歌声
推翻了我的平庸

命运的表层

风铃草的梦想
为什么
会落在夏天的手心里

豆角和西瓜
喜欢大张旗鼓地约会
引起一群蚂蚁围观
而你的沉寂
早已形成了生活的格言

道路,爬过岁月的山峰
永久地,霸道地
躺在烟火的国度里

你不要害怕
一阵流言蜚语的狂风
山野里
藏有很多希望的金子
由一只大黑熊看管着

橄榄的芬芳

老婆婆在黄昏下忙碌
量力而行
彩云,黄土,微风
都成了哲理的调料

死亡折腾了很久
终于倦怠了
只能抛弃这个世界
逃到深邃的梦海里

受苦的七月
看不见、摸不着的意义
在苹果树上毁灭
嵌入最后一片泥土里

布谷鸟的呐喊
依傍着幽寂干净的山谷
它能感觉到
往事上覆盖了很多枯叶

第六感

你说,天上有不朽的云涛
在一片破裂的黑暗里
背负着信仰的包袱
因此,爱吞噬了幻想的美好

那年冬天之后
她的娇艳,她的恬静
闪烁着神圣的灵性
然而,逃不出岁月的手掌心

你不得不忘却,昨天的凌辱
躲起来医治自己的伤口
好像道路上的尘土
永远不会畏惧脚步的重压

蜜蜂与鲜花的缘分
在金钱面前,根本不堪一击
于是,为了广阔的阳光
她把心交给遥远的春风

箴言

暮色里,一场苍凉的冬雨
围困了劳碌的脚步
他站在一家商店的门前
看着过往的车辆
询问一条避雨的流浪狗
你的老家在哪儿
有没有隐姓埋名的文人墨客

脏兮兮的流浪狗
蜷缩在角落里瑟瑟发抖
它置若罔闻
路旁的桄果树听到了
大笑不止
因为它的宗旨就是
把所有的学识融入泥土里

圆窗

黑夜
把木门关上反锁了
一杯黑咖啡
带来了甘美和一个传奇
你抹去了生活的灰尘
乐趣、烦忧都藏在角落里

坚果已经睡着了
透明的影子
替代小山村在祈福
你呆滞地看着嫣红的炉火
最后才发现
它好像蜗牛的一面镜子

饺子的领域

雨停了，一个小孩
把阴沉的颜色
涂到一条陋巷的身上

北风的态度
总是让人不寒而栗
好像一位老爷爷
板着脸，又瞪着眼的时候

傍晚吻别了青烟
过不了多久
热气腾腾的饺子就上桌了

烦恼和痛苦
被一种洁白的香辣味
暂时搁置在世界的角落里
春熙，永不妥协

黑豆的心愿

我要抱紧故土的身躯
因为稻草
还流着青色的热血
自由和方向开始互相依靠

如今,阳光忘记了凄怆
将灼烁的爱意
赐予刚刚复活的夏天
树叶终于有了欢乐和魅力

一群小鸟
叽叽喳喳地飞到了山谷
勤劳朴素的田野
已在我的心底睡着了

否定

我的冬天发现了豪奢
寂静无痕
野草的一副烂骨头
砸开了阳光灰色的木门

爱情和炊烟都死了
它们终于见到了上帝
而我的往事
构成了篱笆墙的忧郁

落叶的一切秘密
漂浮在混浊的河流上
清风在叹气
泥土的推测是一片湛蓝

我看见粮食的尸体
安卧在田园的床榻上
大雁的问题
只需要一年循环的答案

奇怪的生日

他的手指
触碰到孤独的地方
温度,非常深沉

故乡啊
你更改了爱恨的密码
然而,直到末日
都无人懂你的良苦用心

过去成为尘埃
于是,夕阳坠入他的胸怀
好像一只撒欢的小狗

奇怪的生日
竟然钉在墙壁的后背上
狂风吹来定情信物
他流下了眼泪

逝年

一个哑谜

吞下八月的晨雾

青草

晃动着几片欢喜

干瘦的光芒

已消隐在山野的瞳仁里

老屋被日子逼迫

失忆了

命中注定的妻子在哪里

障碍是心灵的关卡

爱与恨在搏斗

你一声不吭地走了

洁白的羊群

也许知道疾病的猖狂

它们在小泥路上

嗅到桉树身上的中药味

坟茔和噩梦

无法解除冰冷的婚约

邮件

天上璀璨的圆盆

装满未来的希望

仔细一看

原来是两个小精灵

一个踩着晨风悄悄地降临

它披着金黄色的衣裳

憨厚,宁静

而另一个

则乘坐着黑暗的车辇

你看,流星的前面

站着一个婀娜多姿的身影

穿着皎洁的连衣裙

它们给我

送来真理的邮件

仿佛霜雪

荔枝树有一个小家
大门虚掩着
一直以来,它总是以淡漠
预示爱情的轮回

阳光在河流上自言自语
你的芬芳非常冰冷
仿佛霜雪
覆盖着一件绿色的棉袄

谁家的蒜苗
躺在大铁锅里做白日梦
生活,没有权利
只好丢弃了顾盼的辉煌

最亲切的不是小麻雀
而是一场风雨
你永远不会知道
那是审判冬季的眼泪

秋的余烬

寒冷的暮色里
一根萎黄的松针
悄悄地
刺进日子的心脏里
虽然不痛不痒
却将烦忧
传染给青苔和蚂蚁

千态万状的美
越来越深奥
散布一片寂寥的气息
你坐在桂花树下
一直琢磨着
青春已经死去
谁来偿还爱情的债务

塔尖

一个巨大的旋涡的深处
一片荆棘的中央
一场狂风暴雨的心里
矗立着一座最豪华的宝塔
此时此刻,成功就站在塔尖上

它是一位圣洁的神灵
不分性别,不分种族,不分年龄
博爱,纯善,自由
是永恒的天地在太阳的宫殿里
献与它至高无上的权威

人类的仰望和渴求
变成了无数个富强的真理
推动时代的一切发展
光芒四射的荣誉勋章
象征着它,那不可一世的资本

区别

雨水的吟唱
来自山岭初春的灵魂
它为了神圣的爱
跋山涉水
前来打开嫩芽的心门

韵律的国度在哪里
我的云絮
飘忽在岁月的海洋上
只因一片空气
永远解不开方向的谜

炽热的甜蜜
仅仅属于火焰隐形的恋人
众所周知
凶与吉,取决于命运
磨灭了光芒的个性

觉醒

关于漂泊的故事
蒲公英最有资格发言了
它的一生
都在动荡不安中度过

田野上的小伙伴
经常聚在一起玩耍
唯有它,总是心事重重地
寻觅自己的容身之地

蓝空下,谁都没有察觉
一抹倏忽的笑意
曾展现在冷风的脸上
有七分嘲讽,三分怨恨

照临

梅花失去了香味
隐藏在雪地的墓穴里
阳光来了
发现了欢恋的蛛丝马迹

昨夜,火焰说
我把一切献给了生活
包括爱情和生命
逢场作戏,是这个抉择吗

一座枯叶的宫殿
稻谷最喜欢住在那里
你的梦乡
是否有一个叫春天的女子

其实,蟋蟀非常敬畏雷雨
那个怪老头
把这个秘密丢进了河流里
只有花生的种子知道

造化

一场冬雨说来就来
说走就走
小蚂蚁来不及
向它打听一件事

溪流的心上人到底是谁
为什么
它每天都魂不守舍

一地的烂草
只能回归泥土的王国
避免潜伏在日子里的恶犬
攻击瘦弱的身躯

当彗星掠过山岭的心境
那种感觉十分微妙
一半痛苦,一半甜蜜

炭盆

寒冷一旦疯狂起来
皱纹和白发
便在他的世界里
刻下永不背叛的标志

那些欢乐的时刻
总是痴迷于火红的灰炭
淳朴,贤淑
如同他死去多年的老伴

儿孙们在城里安了家
逢年过节才回来
老屋的昼夜
只有一只黑犬陪伴着

殊途

你的云翳
是苍穹反复做的一场清梦
请告诉秋风
往事,千万不要收藏
那是身心疲惫的罪魁祸首

公鸡鸣唱第一声的时候
福运的玉手
也许会来叩响你的门扉
把阳光奉为神祇
是否出于你内心的本意

擦肩而过的人
月夜里只剩下一点眷恋了
一切情意
悄悄地消融在烟火里
这种过程混乱、麻木

像儿时一样
守着乐趣,不知天高地厚

你在小斑鸠的宫廷里
是一个最忠诚最善良的巨人
只屈服于自己的残魂

春天的影子

我有一个英勇的奴隶
它是春天的影子
主要负责神奇的工作

黑夜过后
最初呈现的一片嫩绿
仅仅代表复活的结晶

野草的坟茔里
卧着一个凄美的爱情故事
为何要瞒得那么幽深

战斗吧,犹如一种光芒
穿过坚硬的岩石
来到我的宅舍面前

水痕

一片自由的土壤
端坐在清晨里
它的那件褐色的毛衣上
有一抹水痕
小蚂蚁想
一定是乌云走过的记号
由于粗心大意
把想法残留在日子里
慢慢地
进入苍茫的状态
试探,算计
在人世间不停地蔓延
只有太阳肯将它的爱
奉献给一切的生灵

芦花

你在青幽的河面上
迅速地
写下了一页古老的日记
缥缈,遥远
是一切墨迹的含意

没有风吹
没有阳光的亲吻
小蜻蜓追着晨雾在玩闹
一头水牛
走过夏天的门前

山村的眼睛哭瞎了
那个离家多年的孩子
什么时候归来
你欲言又止,却不知道
黑暗早已吞噬了答案

拂晓

紫色的光辉
只属于草叶的伙伴
当晨风推开山野的西窗
妈妈手上的木梳子
早已沾满了寂寥和风霜

你应该看到
成功被一个屠夫解剖了
荣誉,黑幕,欲望
统统支离破碎
仿佛一片片凄冷的残雪

黑夜慢慢地褪色之后
时代的洪潮
吞没一切卑微的履迹
前方是希望的地盘
也是公鸡魂牵梦萦的故土

金色，象征着未来

在正午的小山路上
枯叶和疾风
犹如一对恩爱夫妻
总是形影不离
如今，它们又在嬉笑打闹
光溜溜的大岩石
端坐在一旁看热闹

一抹阳光
漫步在辽阔的人间
后来
臣服于泥精灵的胸怀里
田野停止了唠叨
因为一群飞鸟
舍不得溪流里的灵魂

寒冬的生活
金色，象征着未来
没有一点杂质
只暴露了信念的孑然一身

事实上，它喜欢
以这种远古又可怕的方式
来惩罚自己的鄙俗

谋略与永恒

火焰的誓言
挣不脱情思的镣铐
多么无常,多么残酷
如同厚重的白雾
围攻一座阴冷的宅邸

尽管如此
生活仍然满怀期待
那个珍贵的可爱的春天
北风的一双巧手
早已编织出福祉的笑靥

世道里有什么
智慧,罪恶,爱情
这些东西是否会化为虚无
答案成谜的情况下
人类烧毁了千年的愚昧

石桥的脊背

世事
制造出一个巨大的包袱
一直压在石桥的脊背上

嫣红的阳光下
一条赤身裸体的河流
慵懒地,恬静地
躺在原野的心里做白日梦

在山岭的面前
有一层金黄的汹涌的稻浪
时代总是说它傻得伟大
心甘情愿地
献出自己的财宝和灵魂

瘦长,弯绕,青幽
都归纳于田埂的千姿百态
它依赖着小青蛙的欢腾
仿佛
周而复始的四季
寻到了日子矛盾的哲理

铺垫

老汉把一瓶米酒
寄给了岁月
听一只斑鸠说
太阳最美的情人在人间
真与假已不重要

前方被金钱束缚
孤零零的夏风
走过了一条条渺茫之路
这时,云烟为什么
躲在山岭的房子里思忖

生活终于察觉
自己从来没有妖娆的影子
阅历也没有省略号
一切敷衍
都反映烟火的心情

浮沫

渔夫的故事讲完了
海浪急着要回家
一道东风
在慌乱中,抱住了它的背影
轻轻地说
橘子的芬芳闻到了吗
村庄里,还有花神的乳汁
浮沫只是寂静的尾巴
此时,麻木地
守候着那个多情的九月
倾斜的光芒
曾经吻过沙滩洁净的脸庞
爱,支撑着生命
却不知道,死亡的嚣张跋扈

分量

失败禁闭不了勇气
只能挟持时间
于是
暂时的痛苦
占领了心灵的疆域

生命的旗帜在飘扬
呐喊渴望非凡
夕阳里
炊烟,长出翅膀
逃离了这个阴冷的尘世

草地的头发
被强势的冬风剃光了
枯萎成为一种奉献
隐忍的自由
已忘记了弱小和负担

牧笛

变幻掌控着时间的心情
就像一片松林的美梦
为什么无人知晓
生与死是命运的一种符咒

今天的白云
已经飘到了江流的王宫
希望和欢乐在清新的笛声里
随着一阵北风而来

太阳,忠于爱而出现
青草的影子不再感到凄怆
模糊的野花香
追逐着前方一群洁白的绵羊

泥土总是要承受一些教训
只因干净地活着
山野的眼睛
反映了财富和生命的权利

日子的坐姿

栗子树的爱人
将一盏巨灯挂上天空
西风的身侧
一丝烦忧闪现田庄
凝结成农夫劳作时的汗水

一只小花猫
蹲守在十月的门前
只想看一眼西红柿的笑靥
干瘦的野菊花
想从它的眼皮底下溜走

一切难以启齿的秘密
都变成了强盗
他们想绑架爱情
勒索日子里看不见的温暖
把过去的沉重交给雷雨

片状

小麻雀永远不懂
怎样才能挣脱冷风的手
令人窒息的时刻
我看到
落叶唯一的姐姐
躺在远处的岩石上休憩
死神就坐在她的旁边
构成了一个虎视眈眈的困境

午后的河流非常担忧
但是,篝火烧毁了泥土的呼吸
红薯的心愿
也被穷苦夺走了
此时此刻,我才知道
他一直贪恋着骏马的力量
无暇顾及
岁月撕碎了寂静的情网

铭刻

五月的心夜
主宰着潇洒不羁的流星
和月光孤独的声音
你在追赶一条绚烂的道路
春天走远了吗
答案,只有槐树的养子知道

当一片迷茫
吞噬了这个美丽的村庄
一畦畦葱翠的苦瓜
只剩下一点白色的鲜血了
吃惊,悲伤
成为故事里的熊熊烈火

又是海洋疯狂的怒号
它烦躁的时候
就喜欢以这种方式来宣泄
目空一切
像极了恶毒的命运
总是千方百计惩罚欢乐和期盼

意向

那个浅紫色的星期天
所有的天使都陪伴着清泉
一片稻苗梦见
曾经吻过它的蝴蝶和清风
那么真实,那么短暂
寂静逃离了村舍
一位少年的背筐里装满了爱情
竟然毫无重量
擦肩而过的时候
他告诉我
有一个叫云烟的小美人
藏匿在远方最险峻的山峰上
只有牧童知道
泥巴的用途和干木柴的头巾
都是篱笆小院的趣事

茅草

自始至终
你都是厄运最恐惧的敌人
暴风雨也要礼让三分
叶子的个性,无比坚韧
犹如船只上的缆绳

荒地的小家正在歌唱喜悦
一群灵巧的鸟儿
迷醉于前方果树甜美的气息
这里的一切事物
都得到了春天女神的眷顾

你为什么闷闷不乐
上帝并没有收回阳光的荣威
灵魂,多么干净
死亡的寒冷
只是侵蚀了翠绿的表象

法则

秋天居住的府邸
无边无际
却只肯收留露珠的亲友
和蟋蟀的零食
被人们称为人性的法则

当一切是与非
变成了一个个灰色的泡沫
水牛慢吞吞地
走在青草的身后
咀嚼着泥土飘忽的香味

你丢弃了穷困刁难的记忆
焦躁,失去猖狂
不得不离开心脏
村头的打谷场上
晒满了山野那清幽的故事

环扣

夕阳的妈妈否认愚钝
就在刚才
她将冬季的葱油饼烤焦了
一番慌乱操作之后
筷子发现了蟑螂的公寓
里面,竟然家具齐全

谁家的小黄狗
聪明又捣蛋
它吞下了龙眼树的宝石
瘦小的乡村缺乏一种傲气
斧头劈柴时总在想
拿什么来填平土地的伤痕

没有颜色的草魂
爬上了六月黑夜的脊背
累了,还要失眠多梦
多么幽深的一件事啊
月亮的情丝
牢牢地缠住了房屋的身影

诣实

这羞涩的一刻
终于得到了上帝的默许
小蜻蜓看见
河畔上,没有行人
那妩媚多姿的杨柳垂下头
依偎着七月的阳光

银光闪闪的流水
好像野玫瑰的姐妹
急匆匆地
投入一座拱桥的怀抱
痛苦和烦躁落荒而逃
东边有一片禾苗
静静地,摇曳着迷人的契机

也许生活模糊不清
灰色的空气,轻拂西风的长发
一只小船
装满一朵朵白云
它为何躺在岁月的身上

没有任何征兆

梦幻里的情火就被点燃了

雨季

时间的工作
是将它自己消隐在海洋里
又神不知鬼不觉地
控制着七月一片无缘的村野

山毛榉哭了
一颗颗白色的精致的雨珠
摔碎在草地上
捉弄了整个世界的影子

太迟又太深沉
你要立刻从蜜蜂的小木屋里
走出来,拿起工具
把日子全部的锋芒磨平了

一个古怪的肮脏的难题
围剿大地的心灵
闷热,就这样发霉变质了
早已被你丢弃在猪圈里

板栗

你对螳螂说
阳光的味道又酸又辣
如同秋季的女婿
品尝着爱情长出刺芒的用意
清晨离去之后
一阵狂风推翻了所有的罪孽

红褐色的小宝石
有一个不为人知的故事
一团空灵的炊烟
是它这一辈子最甜美的闺密
然而,怅惘的是
不属于拯救自己的角色

枝头上,那些饱满的形状
回应着鸟儿的情歌
传言是出于沃土之手的杰作
只有你在质疑
为什么天庭的圣果
被人们说成俗世的食物

没有人知道

朦胧的远山
好像春雨那张灵秀的容颜
在他纯净的眼眸里
有一束嫣红的火星

亲爱的影子姑娘
你为何在白云的西窗前
悄悄地徘徊
爱的誓言死了,又复活了

没有人知道
这是时间和世人共同的秘密
平凡和美好交织
最初,只属于青叶的乐符

往事,已经随着烟雾消散
剩下一片迷人的空白
他的灵魂,缠住了洒脱
竟然能制伏尖酸刻薄的命运

余年

一只年迈体弱的黑狗
步履蹒跚地
来到了小院子的矮墙前
它痴痴傻傻地看着
几朵牵牛花舞动着纤细的身姿

紫红色的旗袍
轻裹住生动的欢愉
青色的面纱献出一片神秘
一个美妙的八月的清晨

燕子是一位白净温厚的男主人
他飞快地走进了松林里
寻找一种叫真善美的宝物

我心底的千言万语
都变成了寂静
融入蔚蓝的爱恋和光芒里

希望小精灵,你到底在哪儿

云端是不是你的家
往日的酸甜苦辣
如同一个珍贵的初吻
早已被时代的风浪吞噬掉了

微波

青叶的潮湿
是不是盛夏第一滴明露的吻痕
我不知道
但是,我知道灵动的微波
一定是江流,跋山涉水时的欢笑

它的琐事和感受
都写在西瓜那胖乎乎的身上
一只喜欢化妆的柳莺
在石桥的身旁
发现了一颗颗乌黑的小圆石

我觉得好像灯笼草的眼睛
一闪一闪的,多么淳朴
走近仔细一看
更像大自然亏欠了山谷的幽灵
弥补的一片光源的花蕾

民俗

白萝卜的小脚丫
沾满了青黑色的柔软的泥巴
荒野的平庸消失在坟墓里
就在一瞬间
野草上的一缕夏风
触动了日子一切凄凉的形体
还有忙里偷闲的犁耙

土壤家的胖娃娃哭闹不停
秋阳的外婆在河边
清洗了半天
时代将云烟的一个咒语
扔进了幽深的陷阱里
尽管，种子那傲慢的灵魂
融入远方恰似美好的一缕白云

种菜

一片日光的最后一位表婶
在蚯蚓的生日宴会上
埋葬了春天的歌谣
埋葬了一切往事
埋葬了芸豆和泥土无垠的前缘

你不要纠结
爱情在罪隙里起到什么作用
日子需要一种矛盾
纵容一门隐秘的沉重的学问
压住那些轻佻放荡的事物

菠菜的头变长了
它说是一场暴风雨的印记
荔枝树的脚下有一个老鼠洞
那天,来不及躲进去
你看吧,村庄的背影多么萧凉

大雁南飞

在冬天来的路上
它学会了笑,学会了哭
借鉴日子的情意
试着去接受一片严寒的霸道

命运的长辫子
捆绑了阳光和云烟的秘密
眼睛,嘴巴
要求它一直保持着醉态

嫣红的梅花
被白雪小心翼翼地亲吻
孤独,不需要俘虏
暮色里,清风大声地训斥村野

田埂的三个心愿
分别藏在哪个农夫的家里
谁也没想到
草地的女主人是一只小蚂蚁

岁末

心门的锁头已打开
乡间小路逃离了穷苦
希望的青藤,爬上门前的对联
你回来的时候
饺子的一只小胖手
摸到了夕阳,那苍老的脸庞

莲藕和老母鸡
在高压锅里描绘柴火的魅力
一只嘴馋的小黄狗
追逐着四处飘溢的香味
傍晚的星月
笑呵呵地看着这一幕

一场风雪的灵魂
创造了鞭炮的欢声笑语
波斯菊的儿女
摧毁了财富的罪恶
逆境,始终斗不过爱的归宿
鸣唱的公鸡说出了真相

抽屉

不要害怕,不要犹豫
把琐事和誓约
统统放进时间广阔的心脏里
这一刻
日子马上会停止哀号
苦恼,也逃得无影无踪
可爱的阳光在窗外
传授一片温暖和透明的寂静
生命的钟声响了
有一半凄凉,有一半狂喜
还隐藏着一场秋雨的爱情观念
你应该记得
空气是没有呼吸的
它对残酷的人间付出了一切

六月的心态

扁秆草的骨头软了
静静地
躺在美与丑对立的桥梁上
它看到,山村的祖母
把阳光关在绵羊的家里

日子里的一场风雨生病了
布谷鸟对农夫说
唯有金钱才能治愈它
红色的感觉
如同花香和河流的约会

果实,为了雾的图案
不得不惩罚自己
死神的利齿,要一个交代
六月覆盖在大地的身上
火热成了命运的斗争

劫数

一场暴风雨
不情不愿地走了
谁也不知道它留恋什么
农舍，野草，岩石
看着它的背影，交头接耳

赤裸裸的云彩
咽下了一切苦涩的委屈
勇气交到一片稻苗的手上
山道，像一根细绳
绑住了阳光的披肩鬈发

苍老的蒲公英感冒了
悄悄地归于泥土的小屋
孤独，朴实无华
爱情笼罩的一个影子
一不小心
就跌入烈火的深渊里

来自东方

你似乎遗忘了折磨
春天无法接受
爱情的警告

它听到了四叶草的召唤
有点像
风雨哭泣时的声音
有点像
百灵鸟亲吻红玫瑰的吟唱

过了一会儿
你看见一缕火魂
逃出世俗建造的牢房

三年之后的今天
一只雏鹰才吞吞吐吐地说
那个古老的文艺女神
来自东方
幽寂无底的海洋

往事的洪潮

谁将大地染成了嫩绿色
山茶花的歌声,多么零碎
无尽的神秘
让我的小狗流连忘返

谁带来了一片迷人的阳光
爱,其实很简单
犹如一缕天真的草影
缠绕着清风丰腴的身段

所有的往事,变成了洪潮
淹没我的心田
寒冷,不是天空捉弄的馈赠
而是命运奸诈的痕迹

后来,我找到了洁净的誓约
清晨犯了一个错误
它不该拼命阻止
一只斑鸠吻去明露的烦躁

心海

阴沉沉的一片静海
征服了尊贵
征服了爱的欲望
它露出不可亵渎的表情
象征着君王的冷笑

我不是海鸥的家人
峭壁上的小屋
统制翱翔的自由和资格
尽管贝壳
把干净的声音播散到南方

梦乡的柴火烧毁了故事
荆棘的老奶奶
缝住了是非的嘴巴
我害怕什么呢
浪涛吞噬了美人鱼的恋情

秋夜朦胧

秋月的长相
多么纯洁,多么甜美
孔雀对黑夜说
那是它爱人的模样

黑夜懒得反驳它
灵魂的魔带蒙住一切眼睛
将一枚心灵的果实
挂到了世界的纱幕上

寂静,变成了笔迹
竟然活在桂花的禁忌里
北风的大手
早已厌倦了梦幻的艺术

这时,乡村着了魔
像一个单纯好动的小孩子
它拿着一把生锈的钥匙
打开了福祉的宫殿

萤火虫的思考

五月的长庚星
见证了小乡村的趣事
暮色的心
为什么格外幽深

岁月的坟茔里
埋藏着不为人知的愁苦
我知道
萤火虫的思考
早已被刻成墓志铭

亭亭玉立的槐花
守候在一座钟楼的门前
一片清风
拂过红扑扑的小脸蛋

虚幻与真实
并不能脱离爱情的领域
因为我的痴念
随着夕阳
消失在远山的怀抱里

形似

一片至高无上的光彩
一直待在
云端与永恒之间
闪耀，珍稀
是它傲世轻物的资本

如今
它为什么不远万里
穿过黑暗的岩缝
环绕在你妩媚的身姿上

这个时候
无比忠诚的孤独
已经唤醒了冬眠的根须
形似爱的奴隶
孕育着一切神奇和伟大

农夫扛着锄头走了
洁净的白云
将它的初吻献与你
美好的幽秘，独一无二

玄机

松影说
它的眼睛疼痛难忍
因为小蚂蚁
啃食了寂静交织的暖光

亲爱的,你在哪里
九月所有的怨恨已经消逝
一道夏风
如同一个烦躁的村童
踩碎了野菊花的欢乐

风雨过后的彩虹
是不是形成了灵魂的宝座
你的一根秀发
飘落在最昂贵的沃土上

你要弃绝消极和空洞
幸福在前方
弯弯绕绕的江流
依附在时光那美丽的裙裾上
纯洁,是恋曲的一贯作风

我的乡土

我的乡土,古老又忧郁
它担心夕阳
被凶险的山峰威胁了
找不到明天,富足的出路
此时,溪水眨着一双小眼睛
不知道在想些什么

一朵英勇的白云
飘到了蒲公英的屋顶上
它小声地告诉我
爱情的奥秘
都是柴火烧毁自己的仪式感
由此产生的痛苦的盟约

小麻雀喜欢食用的野果
玲珑,紫红色,酸甜可口
好像春风的气息
我的女神
稻苗最美的一个姐姐
流下了零碎的眼泪

日子的仆人

积雪草的朋友
你应该感觉到冬天的敌意
寒冷
虽然只是一时猖獗
却是它最神秘的圈套
请不要质疑，这是乡哲的忠告

我在清晨里
用泥土的血液祭奠一切世事
没有人看见
野猫的身影慢慢地靠近山村
犹如暴风雪的脚步
为什么要戏弄日子的仆人

我的姥姥
煮好了丰盛的早餐
天堂也有柴米油盐
阳光的妻子
写下一封情书
变成了布谷鸟欢笑的声音

繁殖

枯萎的荣誉
追寻一缕记忆的云烟
三只鸟雀
在阳台的肩膀上闲聊
白昼的祖先
繁殖了一个喧嚣的世界
最后
变成了菜市场的心病
电视机,不吃不喝
惹怒了石榴花的主人
你的纯洁
说明一片光魂容颜未老
远方的山野已经诞生
西风来传话了
至少,锦鲤的老丈人
还算通情达理

主张

我知道小山路的心机
有一点苦涩的天真
连绵不断
仿佛多情的秋风
透明的欲望,弄丢了幻觉

下午的青草不再忙碌
阴沉沉的色泽
炉火与古井是一家人
它们永远相亲相爱
变故,融为日子的迷雾

谁创造了旭日的身影
在一艘渔船上
我和小蜜蜂在岸边约会
它的小嘴巴
轻轻地吻了一下菊花

隐形

沉默不语的云朵
变成六月,暂时隐形的灵魂
需要食用的饺子和肉包子
奶奶已经蒸熟了
稻谷在旧时代里感到凄冷

乡村的一个心愿
随着一艘渡船漂浮在岁月里
闷热,没有办法
大黑牛跑到河里游泳去了
微风的宝贝,刚剪短了头发

我是树影新郎的姐姐
初春的小家
在一片田野的梦境里
道路的贞洁交给了一只飞鸟
美与爱,自由自在

世事的躯壳

慈祥的晨光吟哦着宁静
秋天,汇合了伟大的纷纭
一句深青色的回应
求得丰收的冠冕
它有错,不该剥夺世俗的呼吸

我从不曾责怪过痛苦
唯有它,解放了种子的力量
制伏了生存的欺凌
野草告诉我
谦卑,就是日子最初的天性

好与坏,守着世事的躯壳
如同晨雾般若隐若现
我的命运,早已被时间灌醉
欢乐,烦忧
围绕着远方爱情的领域

永恒，藏在海底

夜空，没有星星的时候
你是否会想起
她的明丽
宛如一颗颗发光的晨露
卧在草叶的青衣上

多余的幽梦
变成了一堆残破的书信
遗弃在日子的角落里
冷风，为什么在窗外喧哗
你掌握了它的秘密

她的笑，她的泪
只属于十月菊花的母亲
永恒，藏在海底
倾注了毕生的色彩
你很无奈，因为世界
成了绑住金钱的一根绳子

近况

直到今天,你都不问我
火花的标记
画在生活的墙壁上
是不是一场凄苦,压迫的痕迹

还记得那一年
忠贞的阳光,吻去一片阴霾
千娇百媚的桃花
却在你的心房里枯萎

于是命运
肆无忌惮地欺凌我
离开,是活下去的唯一动力
因为身心,早已疲惫不堪
痛苦的眼泪,早已流干

当爱与恨交织在一起
我学会了看淡,俗世里的是非恩怨
就像天空的变幻莫测
有时黑色,有时蓝色,有时灰色

我的秘密，埋葬在灶火里

归于匍匐的油麦菜

十分渺小，但是我仍然坚持着

对于傲慢的你来说

是在炫耀一种腐烂的荣誉

梦幻制作的笼子

把所有的温暖和欢乐关在里面

我是一个凡人

失去了挣扎的力气和机会

浑浑噩噩，凝固成了生存的病魔

阳光是我的老师

赠予我自由的想法和希望的灵魂

虽然影子，有时被困难陷害

但是面对狂风暴雨，我永远不会退缩

阅历

一个小故事的荆棘
已经干枯很久了
却不断地,袭击着他的心灵
这样的举动
代表着变态的嫉妒的奴隶

谁藏在黑夜的背后观望
如同野兽那双阴险毒辣的眼睛
恶与善之间的输赢
取决于岁月
和这场游戏的疯癫程度

我听到了大地的诅咒
那种声音
有一半哀怨,有一半幽冷
腐蚀了孤苦无依的阳光
腐蚀了厚重的墙垣

今天的渡船女郎
喝醉了

正在岸边的床榻上睡觉呢

我想到山野上

寻一种草药的儿女

他在新墓前

拜祭死于穷困潦倒的幸福

此时的东风非常凶猛

好像一个土匪

专门抢劫树木的热血

那一天

小鸟捡到了一颗火焰的种子

我和他在狭窄的山道上

擦肩而过

他已成了白发苍苍的老人

步履蹒跚地走向秋天

生命线

大海有多宽,有多深
岩石有多坚硬
天上的云朵有多轻
我想
只有它们自己知道
所有的猜测都是枉然

树木的根须
蔓延到了时间的家里
愿望与生计
放弃了宁静的幻境
留下一个遗憾
就是没有珍惜孤独的晴朗

一切无能为力的变故
都随冷风去了
狰狞的伤痕
就会慢慢地愈合
我在午夜里点燃了很多蜡烛
告别了愁苦形成的黑影

批评

朋友,你想骂
就大声地痛快地骂出来吧
千万不要藏着掖着

我不会责怪,也不会记恨
反而,还要感谢你
唯有批评
才能让我保持清醒的头脑
认清自己的浅薄和缺点

无论是利剑一样的诋毁
还是语言攻击
我都做好了心理准备
活成了钢铁,刀枪不入

因为一个爱好的问题
才疏学浅的我
走进了文学的世界里

蹒跚学步的时候

摔跤,是成长最重要的步骤
而你的批评
就像道路上的崎岖不平
磨炼着我的心志和脚力

九月的守望

夜晚消瘦的清风
在窗外
抒写着下弦月的秘密

你在哪里安睡？桂花树的妻子
告诉南方的山村
江河已经成为大地的血脉

是谁藏住了云烟的那件白衬衣
是谁烧毁了干稻草的青春
是谁摘下了夏天的王冠
是谁压弯了梨树那强壮有力的腰身

如今
岁月流下了苦涩的眼泪
他承认，不理解太阳深奥的暗示
辜负了植物的身影
那些高矮胖瘦的可爱形状

星辰的光芒又太软弱

无法与心狠手辣的黑暗抗衡

天快亮了
一阵花香,带来爱与美的呼吸
我终于找到了潮湿的柿子
火红而又寂静,象征着日子的态度

等待,太遥远了

最后的一场秋雨
下在我的梦里

你并不知道远方的麦穗
是希望的那双大眼睛
闪烁着金色的光芒

它和清风一样喜欢流浪
四海为家
有着孤独与自由的资本

自从你与草露消失之后
我经常坐在门前
看着蓝空上的云朵发呆

等待,太遥远了
就会变成一片白茫茫的烟雾
缥缈而又空灵
没有生命的力量

痴情，太深奥了

就是一条没有终点的路径

崎岖不平，到处是陷阱

你曾经跟我说过

雪花的纯洁

来自爱的承诺

犹如篱笆上的牵牛花

从不害怕天气的凌辱

我并不理解丰收的含义

因为四季唯一的收获是沃土

只属于生长，开花，结果

小麻雀的闲聊

扰乱了周围的寂静

在悲壮的东方

路边的藤蔓唱着歌儿
谁也听不懂

愿望唯一的影子
扇动着透明的小翅膀
来到河流的家门前
它想干什么
一定是寻找那些神秘的烟火

鸟儿飞过的田野
诞生了清凉的种子
最后,全部落入日子的嘴里

在悲壮的东方
太阳慢慢地睁开了眼眸

这时,微风最疼爱的女儿
坐在山坡的岩石上
看着一群绵羊走进松林里
她想烧毁枯萎的回忆

给寂静一个答案

因为车前草的爷爷告诉她
集市在岁月的尽头
那里，只有人卖黑糯米

你不要质疑
人们已经弄懂了生存的本质
只需要付出秋季的信仰

今天是光芒的生日

你在朦胧的梦乡里
轻轻地
抚摸着大地母亲的睡容
像枫树的一缕英魂
守护着山野的一切荣誉

直到雾气打湿了秋菊的帽子
所有的灯熄灭了
我才知道
今天是光芒的生日

碧空孕育了白云的悲喜
而嫦娥的绣阁一直藏在你的心里

九月的大手
画出了影子的习惯
宛如西风,那无声的号召
卷入山坡与河流之间

这时,你看向窗外

发现小猫爬上了桂花树的肩膀

它像一个孩子

非常任性又可爱

竟然趁满天的星斗不注意

偷吃了黑夜的月饼

黑夜的答案

一阵白色的晚风
吹过我的窗前
刚才,它悄悄地告诉我
叶尖上的露珠
像极了村庄的眼睛

此时的星斗
躺在云缕的沙发上呼呼大睡
墙壁上画满了线条
那是一个隐藏着温饱的图案
好像一片反复起伏的麦田

我在灯光下忙碌
一只萤火虫从窗口闯进来
门前的那棵柿子树
置之不理
只是默默地看着远方的山水
聋哑,早已成了一种习惯

梦乡到底有多少个子女

我不知道

无论是过去，还是现在

都不属于残月遗落的金子

秋天弥漫着一份清凉

影子的秘密消失了

我还在抽屉的角落里

寻找夕阳留下的只言片语

关于黎明的故事

一个驼背的老农妇
挑着箩筐走在乡间小路上
箩筐里
竟然装满了丰收的喜悦
使她汗流浃背,气喘吁吁

此时的山岭
正在研究黄牛的一封书信
每棵野草都说
朦胧的意思,呈现一种分散美

黎明是太阳的仆人
他用一双黑色的翅膀
带来了微弱的光芒
悄无声息地
降临在可爱的田野上

这时的溪流刚刚睁开睡眼
前方的野菊轻吻着露珠
那是希望的血液

有一点甘甜，有一点酸涩

稻草人站在西风里
聆听着叽叽喳喳的语言

干净的启示

灰色的天空上
布满了嫣红的光斑

在石缝里成长的野草
为什么要捂住
那双黑亮的小眼睛
也许,他要遮掩惊喜的哭泣

傍晚时分
我煮好了饺子
一缕缕若隐若现的白色香味
在日子里四处飘荡
仿佛蜜蜂飞翔时候的幻想

清风吹去了疲惫
潺潺的流水声传遍了整个时代
最后,牧童明白了
阳光的荣誉,就是禾苗的微笑

星月征服了黑暗

匆匆忙忙赶到了秋季的家里

这时
小花猫想听睡前故事
寂静的色彩来自乡土
它悄悄地成为我的回忆

晨昏的距离

走过喧闹的市场
我才了解晨昏的距离
就好像
一段在夏季里变质的爱情

那晚,你被烦恼和痛苦灌醉了
躺在路边的香樟树下
疯狂地喊着
一个埋葬在幽海里的名字

那一刻,秋风的重量
压得我喘不过气来
陌生的城市
冷冷地窥视着一切的变故

灯光下的影子,不哭也不闹
它已经失去了爱恨的资格
只能决绝地永别
走上一条布满荆棘的道路

一片黑暗
慢慢腐蚀疲倦的泥土
你在梦乡里游荡
寻找她遗留下来的足迹

而我，回到了那个黎明的村庄
念出了令山野沉睡千年的咒语
从此以后
寂静便成了日子的丈夫

睡眠的形状

想你,我只能在梦里
只因睡眠
有一个古怪的形状
隐藏着无穷无尽的奥秘

我不敢靠近枫树林的空间
害怕幽黑又冰冷的眼泪
将你的柔情淹没

而这时,西风编织的白昼
成为爱情的囚笼
一道道光辉照不到心灵的深处

稻草枯萎了
我在黑夜里数着金色的种子
幸福没有规律
这件事的意义落入山谷里

你说,这是时间的计谋
它要展示
秋姑娘与牧羊少年的故事

匆忙的下午

远方,有清凉的云朵
你不用纠结
野菊的新娘为什么会慌乱

当你低下头的一会工夫
西风扑扇着翅膀
隐入了山野的眼睛里

孤独的道路是一种个性
河流的乐曲征服过一片烟雾
羊群跑远了
于是,你关上了世界的一扇门

我看见太阳在傻笑
像一个长不大的孩子
他说,要探索植物的皇宫
还要知道小松鼠的爱情故事

你不理不睬
时间变成了灰色的冰霜

一个重复的幽梦

留下了死亡与永恒的矛盾誓言

我忘了野菊

在蜻蜓的故乡里
我看见过青草的笑容
昨夜
被雷雨打击过的狼狈
已经渗透黑色的泥土

陌生的露珠
打开稻田的门窗
一幅巨大的风景画出现了
它是免费和珍贵孕育的遗物

蚯蚓的亲戚们都很震惊
追问牧童
一些关于丰收的秘密
我忘了野菊
原野的脚步,逐渐变得笨重

为什么岩石的爱情固定在山岭上
这个问题
覆盖着弯曲的小路

我在字典里找不到真实的答案

只找到一根时间的羽毛

秋风欲言又止

伟大的阳光穿过了沉睡的白云

一位驼背的老农妇发现

枯叶的孩子隐藏在树根里

果实的血脉

通往永恒的金字塔

深秋来晚了一步

门前的太阳花醒了
饮着晨露酿造的老酒
我看见
飞鸟挥霍着呼吸和自由
拒绝了蜜蜂交给它的任务

清风的妈妈
温柔地抚摸着田野的长发
此刻的旧房子在发呆
静默的空气
飘荡着美丽的冷意

深秋来晚了一步
昨夜的白霜融化了荒芜和贫穷
篱笆墙的后面
有我一些苍白又生锈的回忆
好像藤蔓的足迹
围绕着一片亲切的泥土

暮色走进厨房

灶火热得满头大汗
最终，代替了丰收的弱点
我什么也不说
只在梦境里刻下生活的魂魄

那天，我隐约可见

钟声过后
我深知飞鸟目前的困惑
秋天的大门敞开
不用付费
我悄悄地走了进去
看见干枯的青苔戏弄日子

白云的线索已经断了
构成大地的角色
那天，我隐约可见
彩虹逃离了山峰的邻居
不朽的工作很轻，沉入草地里

这里是菜籽的小王国
黑亮，通过了启示的颜色
农妇拿着水瓢
弄湿了蟋蟀的新床单

树叶有点怕冷
赋予我

一份局促不安的荣耀
谁躲在灌木丛中
偷偷地观察着时代的一举一动

村姑和我

乌云下
一条山路祈求纷繁的国度
释放蜂鸟的音符

那边,一个村姑正忙着收玉米
破旧的衣裳被汗水湿透了
无意间
我发现了她的另一个身份
原来,她就是水牛最亲密的朋友

一阵狂风吹来
蒲公英的帽子飞到了溪流里
失去了任性的温暖

这时,一片浑圆的雨珠
落到了山村的胸膛上
紫色的脚步,急躁地走近坟墓
守护着超越痛苦的谜团

村姑和我,把太阳装进了箩筐

抬回秋季的卧室里
生与死的斗争不再危险
燕子默默地掠过了冰冷的暮色

黑沉沉的苦厄
已经变成了岁月的佣奴
因为炊烟，只效忠于亲切的房屋

出于朦胧的意愿

树叶变样了
躺在尘埃里做着白日梦
你拿着钓竿走向太阳

一只小黑狗跟在秋天的身后
它说，要扔掉苦恼的包袱
出于朦胧的意愿
云朵推开了河水的窗门

直到现在
田野还不知道
是谁欠下布谷鸟的情债
是谁把花生的血液榨干
是谁剪去空心菜的一头长发
是谁潜伏在泥土里

所有的疑惑
都凝固成五颜六色的鹅卵石
你赤着双脚
静静地站在南方的角落里

刻画着过去的人和事

稻草的姐夫在叹气
因为蚂蚁的家里已经没有食物了
这时候,你透过门缝
看到秋天轻吻荔枝树的额头

随笔卷

学着云淡风轻

阳光从窗缝,窥视斗室里的一举一动。

我那微薄的力量,并不能拯救花草树木的名誉,它们的残败,让我痛心,让我彷徨,让我夜不能寐。

冬天忽略了我的存在,它认为我只是一个卑贱的凡人,只会发出撕心裂肺的声音,比如——

> 日子的面包屑飘落
> 那种旋律
> 竟然成为土地的营养
> 你不必质疑
> 我还在城市的角落里颤抖

有时,在马路上,车子和人发生了争吵,善与恶,是与非,也许只有时间和上帝知道,一切真理都是看不见的尘埃。

爱情,非常吝啬,它不愿意给我一丁点怜悯,它甚至叫我去照照镜子,看配不配得到爱情。

走投无路的时候,我只能告知午夜:"我病了,是很严重的相思病。"

他不知道我心动的感觉,他不知道我恍恍惚惚、魂不守舍的傻样子,他不知道我为了他,多次悄悄地落泪。

清风哪里去了?为什么不把我的烦忧吹走?

后来,我才知道,它一直陪在我的身边,只是我把它当成了空气而已。

多么可悲呀,我竟然也成了令人窒息的样子。

孤独和黑暗,同时喜欢上我,它们认为我是软弱可欺的人。

我一直想要学会老虎的威猛彪悍,学会泰山压顶的气势,学会征服嚣张跋扈的苦难。

命运看着我摇摇头,无奈地说:"不要瞎折腾了,你毕竟是一个女人!"

女人怎么了?女人一样要工作赚钱,一样要养家糊口。

做女人很辛苦,要十月怀胎,经历分娩之苦。

可是这个世界,不会因为你是女人就同情你、善待你。

说到这儿,我又想起了重男轻女的父亲,眼泪止不住地往下流。

昨天,我打电话给父亲,我在电话里哭着对他说:

"我原谅你以前所做的一切——歧视女性、家暴、赌博。可是,你给母亲、三姐和我造成的心理阴影永远不会消失。"

他的沉默迫使我挂断了电话。

就是这个男人,让我怀疑婚姻的意义,让我抑郁、意志消沉、浑身都是负能量,让我觉得自己是这个世界上最糟糕的人。

我感恩父母的养育之恩,可是我抹不去他们带给我的伤痕。

如果可以选择,我不会投胎到这样的家庭里。

我被世事压得喘不过气来,不得不推开小小的窗棂。

阳光大大方方地走了进来:"你的住所怎么这么简陋?你怎么这么不堪一击?"

我躲在书堆里,头也没抬,疲倦地说:"有什么所谓?金钱和希望习惯了在梦乡里出现,我只是负责寻找而已。"

"让我抱抱你的翅膀吧,它是最坚强不屈的伴侣。"阳光慢慢地走近我。

"不,我最亲爱的朋友,我的背上并没有翅膀,你看错了!"我郁闷地说。

"一双洁白无瑕的,闪闪发光的翅膀,只有我能看到。"

"真的吗?你没有骗我吧?"我从不相信幸运女神会对我青睐有加。

"孩子,不要消极下去,以免中了别人的阴谋诡计。你很好,很优秀,知道吗?"

这一瞬间,我的内心和灵魂,第一次感觉到了温暖……

方向为什么没有尽头

闲暇之余，我喜欢走在大街小巷。

一个人一边慢慢地走，一边静静地思索着过去和未来。

无论严寒酷暑，无论刮风下雨，我每天都这样漫无目的地走着，走着……

心底有一个声音告诉我，方向永远没有尽头。

被草率结束的事情，往往是因为世俗的纷繁，还有各种牵绊。

我是一个在生活上极其简单的女人，独处和清静永远都是我的良师益友。

凡是让我难受的事物和关系，我都坚决地要断舍离。

比如，过时的不喜欢的烂衣服，不疼爱我的男人，挑拨离间的闺密，玩心计的朋友，嫌贫爱富的亲戚，我总会定期清理掉。

我不用花费心机去取悦任何人，我只需要取悦自己。

我的圈子越来越小，但心灵的空间却越来越宽阔，格局也越来越干净利索，看书、写文、练毛笔字是我每天都要做的事情。

家庭的分歧，无休止的争吵，婚姻的变故，疾病的时常刁难，让我看清了现实和人性。

一直以来，我都提醒自己，无论枕边人忠与不忠，我都要好好地活着，好好地爱自己，悄悄地努力，悄悄地成长，一切靠自己！

很多时候，我们觉得累，是因为我们的心累。

年龄越大，我越不敢奢求友情、亲情、爱情，这些东西在你没成功之前，永远都不会主动来找你。

而那些主动来找你的人，往往是想从你身上得到什么好处，别有用心地接近你，想让你乖乖地掏出钱来买他的产品。

所以说，现实生活中有各种套路和算计，这么多年了，我看透了人性的丑恶，我尝尽了人情冷暖、世态炎凉。

有时候想想，真的太可悲了，人到中年万事忧，上有老下有小，要想的东西和顾虑的东西，太多太多了。

> 你看着天空问野草
> 很远很远的地方
> 有什么
> 被风吹得东倒西歪的野草说
> 有一个厚重的故事

今天，我将租来的小房间整理了一番，把用不着的物品归纳为垃圾扔了。

然后，我又把微信和QQ里的不聊天的人删了。

人啊！要不断地舍弃，才会有不断的获得，这不是心灵鸡汤，这是抉择，这是人生。

把有限的时间花在提升自己的生命价值上，比如，看一本好书，听一首情歌，跑跑步，健健身，写写文。

比那些拉帮结派、打牌抽烟、喝酒应酬的社交活动强多了。至少我是这样认为的。

但是，每个人的生活方式、爱好都不同，就像有人喜欢玩游戏，有人喜欢钓鱼，有人喜欢唱歌跳舞……

我们改变不了别人，只能去改变自己。

道路通往哪里？我从来不去理会这个问题，顺其自然吧，走到哪儿算哪儿。

当我放慢了脚步，才发现周围的风景很美，路旁的树木像极了两排英姿飒爽的士兵，守护着我的世界。

路边的繁花野草吐露着芬芳，它们在向我轻轻招手，这一切，以前的我从来没有真正体会到过。

我一直为了生计忙碌奔波，可是到头来，自己真正得到了什么？

南方没有雪花

南方的冷风总是那么霸道,那么桀骜不驯。它喜欢把雪花隐藏在心底,然后慢慢地酝酿成一瓶老酒,于是日子,变得辛辣而又醇香。

我醉倒在天地之间,幻想着上帝把年幼无知的我抱在他那强壮有力的胸怀里。

他慈爱和蔼地说:"丫头,你要是觉得委屈,就尽情地大声地哭出来吧。"

> 酒醒了,我才发现
> 生活一点没变
> 还是凶神恶煞的样子

这个地方再寒冷,也没有漫天飞舞的雪花。

可能是因为雪花太美,太妖娆多姿了,冬季便被她的夫婿囚禁在遥远的北方老家里。

我想,雪花是心甘情愿地接受她的夫婿掌控她拜访的地域的。

不可思议的爱情，往往最能拨动人的心弦，此时此刻就是这样的。

南方虽然没有雪花，但我们愿意学习雪花那纯洁无瑕的善举。

因为，它是母亲心里的一缕温暖，它是希望手中的一封信笺，上面写满了幸福的寓言故事。

> 我在黑暗里
> 看到了星星的火焰
> 为了夜空
> 它燃烧着自己的生命

这一种悲壮的神秘的爱是毋庸置疑的，如同雪花，引导着世人盼望那一场久违的春雨。

这个过程，包含了三分的喜悦，七分的疲惫不堪，我才疏学浅，无法用言语来形容。

黎明时分，窗外的冷风越来越嚣张跋扈，越来越不可理喻，我只好躲在角落里瑟瑟发抖。

这时，居住在北方的朋友发来了一张相片。

我怔住了，只见相片里有一朵娇艳欲滴的红梅，宛如一位仙女，正对着我莞尔而笑，然后，便在风雪里翩翩起舞。

一直以来，我都认为雪白色是考验真善美的颜色，果真如此，它洗净了人们消极的人生态度，雕琢出真理的轮廓。

说实话，我从来没有接触过雪花。小时候，我常常天真地对父母说："长大后，我要去北方念书，感受一下雪花纷飞的情景。"

父亲总是对我嗤之以鼻，拉长着脸，恶狠狠地说："女孩子读那么多书干吗？迟早都要嫁人的，我可没钱供你念书。"

如今想起来，我的心还在隐隐作痛，重男轻女的愚昧观念，在许多家庭里根深蒂固。

我竟然无法去分辨是非对错，我的思想是不是也被荼毒腐蚀了？太可悲了！

上帝啊！恳求你把灵魂从困厄里拯救出来吧，恳求你把童真从痛苦里拯救出来吧！满足一个小女孩那个拥抱亲吻雪花的小小的愿望。

我真的不想再为这些陈年烂事而流泪了。

上帝啊！恳求你给我一点摆脱绝境束缚的力量吧！

  呼吸失去了温热

  它在空气里苦苦挣扎

  天亮了

  噩梦终于结束了

著名诗人歌德曾说："永恒之女性，引领我们向上。"

而一片包裹着天地万物的雪花，便是女性柔情缱绻的象征。

它以高贵、安宁、凄美的姿态，填满了空洞的精神世界，滋润了土壤深处那枯竭的根须。

为嫩芽和鲜花提供了养分，为痴男怨女营造了浪漫的氛围……

买来的小蚂蚁

一位老者说过:"善良是人生的福泽,善良决定了一个人的终点站是天堂还是地狱。"这句话,我一直坚信不疑。

中午,微风徐徐,阳光灿烂,这是一个让人感觉暖烘烘的时刻。

我骑着自行车去附近的超市买了一点猪肉和一把豆角回来,准备着今天的午餐。

简简单单是我对生活的一贯态度,我不怕命运的捉弄,但是我怕复杂的人心。

在准备午餐的过程中,出现了非常有意思的一幕。

当我择豆角时,一只小蚂蚁从豆角上爬到了我的手上,那只小家伙行动敏捷,只有黑黑的一丁点儿。

它以为我的手掌掌纹是一条山间小路,正在努力地好奇地向前跋涉着。

"咦!这里是哪里啊?我怎么会稀里糊涂地来到这里呢?"

爬着爬着,它感觉到了不对劲,索性停下来,一边自言自语,一边东瞅西瞅。

"小蚂蚁,你好,欢迎来我家做客。"我把它放到桌子上。

"你是谁?"小蚂蚁一脸疑惑地看着我。

"小蚂蚁,是我从商贩的手上将你买过来的。"

"你的意思就是说,现在你是我的主人啦?"

小蚂蚁非常郁闷忧伤,它在想,倒霉死了,自己刚出狼窝,又进虎穴了。

"不,我是你的朋友,我将你买过来,是要还给你自由的。"

"真的吗?你没有骗我吧?"小蚂蚁不相信自己的耳朵,再次向我确认。

"欺骗你对我有什么好处?你想过这个问题没有?你喝水吗?"

我倒了两杯温开水,端起其中一杯,一饮而尽。

"这……我不懂你们人类的思维逻辑,很多人嘴上说一套,心里又想着另一套。口是心非这个成语,就是专门形容你们人类的。"

小蚂蚁爬上另一只水杯,小心翼翼地贴在光滑的杯壁上。

它试了试水温,不冷不热,水温刚刚合适,于是放心大胆地喝起来。

"人类的世界里,也分好人坏人。我不敢说自己是百分百的好人,因为我的心里住着天使,也住着魔鬼。但一直以来,在紧要关头,我心里的天使总是能战胜魔鬼。"

我看向窗外的阳光,思绪飘到了那个遥远的地方——老家。

童年对我来说就是一场噩梦,梦醒了,痛苦依然纠缠着心灵,不依不饶……

"如果你想让我相信你,那你就要拿出诚意来,语言和行动,我比较相信后者。"

小蚂蚁竟然用一种谈判的语气来跟我说话。

"你知道吗?真相往往都是在质疑当中产生的。"出于一种同情弱小动物的善心,我决定将它放生。

我把它弄到手心里,打开房门走出去,心里想着,一会儿将它放到楼下路旁的草丛里。

现在虽然是初冬,但是南方的天气不怎么冷,树叶和草还是青色的。

我把小蚂蚁放在一片草叶上。

小家伙环顾四周,它惊喜地发现,这是它熟悉的环境,植物和泥土的芬芳总是那么令它着迷陶醉。

"这里是我的家,我非常感谢你送我回来。"小蚂蚁毕恭毕敬地对我说。

"好好活着,就是对我最大的感谢!"说完,我头也不回地上楼去了……

> 在爱的国度里
>
> 善良是一滴甘露
>
> 而死亡则是上帝的判决

发霉的爱

今天是小雪,一场冷风肆无忌惮地欺凌着这个小城镇。

太阳像一个游手好闲的小伙子,不知道跑到哪里偷懒去了,阴沉沉的天空在冷眼旁观。

我躲在空荡荡的狭小的出租房里,舔着血淋淋的伤口,这是玫瑰的利刺划出来的伤口。

我一向对玫瑰花情有独钟,甚至到了极度痴迷的地步,可它,常常利用我对它的爱,来折磨我的心。

这么多年,我总是逃不掉厄运的捉弄,我总是挣脱不了痛苦的绳索,我总是在爱的囚笼里黯然神伤,默默地流泪。

每当这个时候,我总会想起一位老师说的:

"人生在世,只有在逆境中才能成长,在经历了绝望或者痛苦后,你才能成长。感恩伤害你的人,感恩给你制造麻烦的人,虽然他在你的生命当中扮演了恶魔的角色,但也因为他,你的生命得以成长,你的灵魂变得有趣。"

道理通俗易懂,但是真正行动起来,让心灵卸下一切包袱和重担,做到完全地释然——这条路,任何人都会走得非常艰难。

命运一直侮辱我的尊严，压制我飞翔的翅膀。

但我，从没有放弃过征服它的念头，哪怕机会非常渺茫，我也准备着随时反击，趁它得意忘形之时，给它致命的一拳。

虽然我骨子里是一个俗不可耐的女人，但是我永远不甘于平庸。

> 发霉的爱
> 掺入了柴米油盐里
> 一种奇怪的味道
> 引导世人找到了幸福的痕迹
> 昼夜也获得了安宁

我在盼望春天的一片温暖，因为寒冷让我的灵魂茫然失措，它总是侵入日子的信念里，一而再再而三地打击我那向未来跋涉的步伐。

你在哪里？我的爱，曾经的怦然心动，曾经的海誓山盟，曾经的心心相印，都随着一片枯叶的残落，消失得无影无踪了。

你明白我的自闭抑郁，我理解你的无可奈何，但是这又能代表什么呢？

要怪就怪缘分的捉弄，时间的捣乱和感觉的错误定义。

遥远的距离让人望而却步。你是不是也是这样想的？你知不知道我的内心在不断地挣扎？

不顾一切，飞蛾扑火式的感情，我长这么大，只在电视剧和小说里看到过。

曾经我也坚信，这个世界上有真爱，后来因为一些变故，我开始怀疑人生，怀疑爱与恨的意义。

烦闷和忧愁宛如世人生活中的一抹黑影，它们总想与人们形影不离，甚至明明知道世人嫌弃它们的所作所为，但仍然死皮赖脸地纠缠着世人。

爱，是不是也是这样一文不值？所以才会发霉变质。

当我看不透想不通的时候，我学会了让一切顺其自然。

俄国诗人普希金说："假如生活欺骗了你，不要悲伤，不要心急……"

心里有光

天气越来越冷。天空宛若一幅单调的铅笔画，每一笔都是那么耐人寻味，充满着神秘而又别致的忧伤。

也许，对于我来说，生活的价值观只剩下这一片自由的灰色了。

多么洁净，多么空灵，仿佛光明与影子的缠绵悱恻。

那天清晨，我们站在一场暴风雨里。

他看着远方轻声细语地说，已将太阳的火焰藏进了身体里，只为了走进岁月里寻找青山绿水的惬意。

于是，一个高瘦的背影渐行渐远。从他寂静的回眸里，我看到了一种渊博的责任感。

那是对美好和希望的执着，那是爱与善指引的唯一的一条出路。

后来我才知道，他成了一名美术老师。

他把喜怒哀乐和酸甜苦辣雕刻在日子上，站在一片金色的斜阳里，教导着一群天真可爱的小孩子。

如何去辨别艺术的真假，如何去参透大自然的心思，如何去探索生命的哲理。

傍晚时分,我试图抓住最后一缕柔韧的光芒,献与远方那个生我养我的小村庄。

因为老妈妈在电话里对我说:

"这个古老朴实的小地方,总是被一片心狠手辣的阴暗霸占着,春天的脚步从不敢靠近。"

我想帮她分担一点愁苦,然而到最后我才发现,我也力不从心。

自己卑微如一团软泥,任由现实社会搓圆拍扁,哪还有反抗的能力?

我的双手抓住的,只是一片枯萎的枫叶,它残碎了,飘落到一片草地上,多么安详。

像极了老农夫衔着烟斗时,露出的心满意足的微笑。

时代并不知道

一个有趣的结论

是与非对峙时

它习惯了双眼紧闭

一直以来,我从来不敢承认自己是诗人,我也从来不敢承认自己是作家,确切地说,我只能算一名文学爱好者。

闲暇之余,学习,成长,遵循灵魂的指示,慢慢地蜕变,我把这些当作心里的一盏青灯。

有了这盏青灯，我不再迷路，不再害怕命运的摧残，不再理会世俗的流言蜚语。

一位智者曾说过："人这一辈子，你该走的弯路，该吃的苦头，该撞的南墙，该掉的陷阱一个都少不了。放下纠结，好运自然来。挺住，熬过去，跨过去，愿你柳暗花明，峰回路转，经历过的都是浮云。"

我把所有的时间和精力，放在经营自己的生活上，遗忘了人性中的丑恶不堪。

这些外界制造的麻烦和痛苦，不值得我去纠结，只要内心平静，居心叵测的人就很难改变我的信念。

看到了吗？在无边无际的蓝空上，一朵朵白云如同鲜花，正在悄无声息地舒展。

微风拂过一条潺潺的河流，紧接着，它慢慢地向我走来，带来了一片温暖的光彩。

这时，那个俊朗的他踩在一片绚丽的云缕上，对着我微微一笑，然后兴奋地说："姐，我在那个奇怪的城市里，看到了会飞翔的鱼，会说话的猫和狗，还有五颜六色的梦想。"

我又悲又喜，悲的是他误解了牵挂的意向，喜的是他终于长大了，正在努力钻研着未来的世界。

谁扯下了西风的面纱

今天，村野上的一阵西风，戴着晨雾洁白的面纱，缓缓而来。只见它摇曳生姿，逍遥自在，如同一个穿着格子长裙徘徊在乡间小路上的女子。

她笑靥如花，一言不发地凝视着远处的山水田园，思索着过去的那些不为人知的故事。善与恶，悲与欢，似乎都与她无关。

她身姿轻盈曼妙，双目含情，闪烁着金色的光芒，举手投足间，令世间万物黯然失色。

此时此刻，蓝空上的一轮太阳像极了一个怀春的英俊少年，羞红了脸蛋，低下了头，又忍不住偷偷地瞄了她一眼。

她的灵气，永远归功于大自然，无论是张扬还是低调，都合情合理。

然而，她却要承受着沼泽的诋毁与荆棘的攻击。妒忌往往能够轻而易举地诱导任何的事物变得疯狂失控、歇斯底里。

她的忍辱负重，成就了希望的美和庄稼香甜的睡眠。

每一份悄悄的付出，也许得不到一句感激的话，甚至还会遭到误解谩骂，但天性让她心甘情愿，永远无悔无怨。

一片片干黄的精致的落叶,仿佛无数只色彩艳丽的小蝴蝶,环绕在她的身旁翩翩起舞。

一群小巧玲珑的鸟雀站在树枝上唱着流行的情歌,清脆的歌声多么欢喜、朴实而又随心所欲。

那边的一条弯曲绵长的小河流,清澈见底,小鱼小虾在水里优哉游哉地游来游去,好不快活自在,丝毫不畏惧冬天的寒冷。

两个挽起裤脚的小男孩一手拿着小网兜,一手拿着小桶,他们的小脸和手脚冻得通红。

他们在靠近岸边的浅水区,全神贯注地打捞着鱼虾。

偶尔传来,他们收获时那激动万分的笑声。

无处不在的空气和雏菊花的芬芳交织在一起,变成了一阵神秘的西风,悄无声息地吹走了蜻蜓的烦躁不安,吹走了野草的清冷眼泪,吹走了日子的懒惰习惯。

> 虚构的归宿在哪里
> 你因为爱而流浪
> 流浪因为痛苦的压制
> 放弃了疲惫的思想
> 惩罚就是这样降临的

土地是西风的外公,他白发朱颜,面容慈善。一直以来,他都是西风最随和的最伟大的后盾。

彩云来了，带来了几串冰糖葫芦和两桶爆米花。

她是西风的发小兼闺密，没有人比她更了解呼啸而过的感受。

不但畅快淋漓，而且生动活泼，最后融入了安谧的宅邸。

一抹透明的暖光，抚摸着她那恒久不变的容颜，迫切地为哀愁洗白。

无形的战场更可怕，好像躲在荒草里的野兽，对着可爱的小羊羔露出了垂涎三尺的神态。

她的泰然自若，不是依赖高明的智慧，而是因为她学会了舍弃一切：金钱、爱情、成功，甚至包括生命。

当一个人拥有了西风的洒脱，拥有了西风的坦荡，对什么都不在乎不纠结的时候，等着看笑话的坏人还能拿她怎么办？

黄昏下，西风告诉起早贪黑的小蜜蜂：一切困顿，不过是对欲望有着过多执念，而世人习惯了将这些罪过推给艰辛的生活。

城市的残绪

不知道什么原因，书桌上的一根蜡烛突然就熄灭了。

而美丽善良的十一月，也跟随着黎明急匆匆地走了，不曾留下只言片语。

生活的变故在悄悄地进行着，让他惊慌失措，患得患失。

闲暇之余，他常常默默地站在宿舍的阳台上，倚靠着围墙，忧郁地看着黛青色的远山。

在这座冰冷的城市里，寒冷的冬天需要一抹阳光展现出博爱的母性，来温暖人们疲惫不堪的躯体。

特别是到了晚上，一个人躺在被窝里，因为害怕生活的压榨，而瑟瑟发抖。

他的心，永远留在了那个遥远的小村庄里。

那里的一花一草、一河一山，无时无刻不在牵动着他的每一根神经，每一个梦境。

然而，每次打电话回家，总让他焦躁不安，夜不能寐，第二天还要继续浑浑噩噩的打工生活。

年迈的父母总在电话的另一头，以爱之名语重心长地训责：

"儿啊！你都三十好几的人了，已经老大不小了，还不赶紧成家立业？一年又一年，你说你钱又挣不到，女朋友也没有，这样的人生太失败了！"

"爸、妈，我知道了，你们要保重自己的身体。哦，对了，妈，刚才我往你的卡里转了两千元，注意查看一下。"

"臭小子，这个月怎么只有两千？一直以来不都是三千吗？你把我的钱花到哪里去了？"老爸在电话的另一头暴跳如雷，大声地质问。

这个头发灰白的驼背老人已经彻底忘了，每个月转回家的这些钱，是他眼中的那个没出息的儿子，在流水线上加班加点挣来的。

"爸，别生气了。电子厂淡季，我们上个月没怎么加班，所以工资就少了。我只给自己留了一千一百元做生活费，话费充了一百，还有一千，不知道够不够吃一个月的快餐。"

他强忍着伤心的眼泪，无奈地叹了一口气。

老爸从来没有关心过自己在外面累不累、苦不苦，只知道开口要钱，把他当成了一台提款机。

"你这个老不死的，就知道跟孩子要钱买酒打麻将。我的儿啊！你别理你爸，妈妈知道你一个人在外面打工不容易……"

一个慈善的妇人声音从日子的深处传出来，温柔地抹去了他所有的烦忧。他的脑海里慢慢地浮现出那年夏天的故事。

夕阳西下，一个身穿蓝色连衣裙的少女闯进了他的视野里。

她身姿袅袅婷婷，头上扎着两条乌黑亮丽的长辫子。

她笑靥如花，温婉柔和的笑声，宛若一阵春风夹着茉莉花香迎面扑来，清新恬静，沁人心脾。

他看呆了，浑然不知一块洁白如雪的手绢随风飘来，蒙住了他的俊脸。

"啊！好香啊！这一定是初恋的味道。"

他拿下来一看：上面绣着一只可爱的栩栩如生的小花猫，如同它的主人一样温顺，招人喜欢。

"喂，愣头青，快把手绢还给人家，真讨厌！"

女孩羞红了脸蛋，她噘起小嘴，娇滴滴地嗔怪。

他耍赖地把手绢塞进了口袋里，憨憨地笑了。

"快告诉我，你叫什么名字，我就把手绢还给你。"

"你……哼！我不要了。"

女孩说完，风一般地跑进了那边的小松林里，周围的空气飘散着一股浓郁的花香……

悚然夜跑

方若兰是一个性格极度内向的女人,可能已经到了自闭的地步了。

至少,她对自己还有这一点自知之明。

她从不上微博、博客,也没有公众号,快手和抖音都是私密账号,从不发视频,从不评论别人。

她的世界很小,她只喜欢独处,一个人写文、听歌、健身。

她只有一个微信号,几天才发一次朋友圈,但是很快又会删除。

所以她的朋友圈,永远只保留着一两条无关紧要的动态,因为她不想被亲朋好友误以为被屏蔽。

从念书,工作,到现在,她都是独来独往,她喜欢孤寂,喜欢内心远离世俗里的一切喧嚣。

闲暇之余,只要拿起一本书,她就可以安安静静地待在房间的角落里一整天了。

就连锻炼身体,她也要选择夜晚九点半过后,行人和车辆极少的时候,一个人到附近的公园里去跑跑步。

月夜是披在生活上的一件最昂贵的外衣，而这件外衣必须保持不朽的干净整洁，世人才会去探索它的真理和奥秘。

否则，无论外表看起来如何花俏美好，只要内在有一点点的腐烂，最后也会被岁月全部腐蚀掉，变成真正的垃圾。

偌大的公园空无一人，跳广场舞的人都走了，只剩下昏暗的灯光和花草树木在这个寒冷的冬夜里瑟缩。

一轮残月镶嵌在无边无际的夜幕上，疏星点缀。

好像一幅出于大自然之手的伟大画作。

北风在她的耳边不停地哀鸣，奔跑的脚步弄丢了停止的理论，暂时还不需要终点。

在树木的遮蔽之下，弯弯绕绕的路径，宛若一根柔软的紫色腰带，轻盈地束在大地的身上。

突然，一个奇怪的陌生老男人，从树干的背后探头出来。借着暗淡的路灯，她看到了一副猥琐的笑脸。

"啊！你是谁？"

她尖叫起来，寒毛直立，慌乱的脚步趔趔趄趄地退后了几步，才稳住了身形。

她粗喘着气，面色惨白地看着那个男人，不知所措。

男人一边色眯眯地打量着她，一边用粤语说："靓女，我给你介绍一个情人。"

她一听，心里瞬间有一万匹草泥马奔腾而过，在她理解的范围里，情人就是第三者，也就是供男人玩乐的对象。

她的脑子飞快地权衡利弊了一番——如果在这个阴暗的地方，激怒一个来历不明的男人，万一对方是一个精神病患者，说不定他的身上还带着凶器，那自己肯定会付出惨痛的代价……

男人狰狞地看着她，两道目光好像粗长的绳索紧紧地捆绑住她。

她不做回应，压住心里的恐慌和怒火，表面上不露声色镇定自若，先稳住对方。然后，用尽全力飞快地掉头跑了。

值得庆幸的是，猥琐男没有追上来。她深深地松了一口气。

回到住所，方若兰还是惊魂未定，她擦了一下额头上的冷汗，刚才好险啊！

如果对方真有什么举动，自己该如何摆脱？

她经常从新闻里看到那些夜跑的女性失联的案件，罪恶之手往往就躲藏在黑暗里，让人防不胜防啊！

想到这里，她迅速从口袋里掏出了手机，拨打了110……

寒冷里的青叶

今天，我起了一个大早，只为了熬一小锅红薯粥。

年龄越来越大，饮食也越来越清淡，一日三餐少盐少油，从不吃夜宵。

最近这三年，我身体不好，做了几次手术，花了很多钱，所以不得不注重养生了。

我也越来越喜欢清静，越来越喜欢独处，人这一辈子非常短暂，时间和精力都是很宝贵的。

我做得最正确的一件事，就是及早地丢弃了那些无用的社交，远离了那些融不进的圈子。取悦别人，不如取悦自己。

我经常对着镜子里的自己说：

"你可以不成功，但是你不能不学习成长，因为只有学习和成长，才能让你变得越来越优秀。等有一天，你真正优秀了，世界才会对你温柔。"

小时候，家里很穷，粮食紧缺，妈妈就经常煮红薯粥来给一大家子充饥。

八十年代的一大锅红薯粥，往往是百分之八十的井水，加上百分之十的米粒和百分之十的红薯,混在一起,然后用柴火慢慢地熬出来的。

天气冷的时候,我们几个小孩都围坐到灶台前,一边烤火,一边听妈妈讲过去的事情。

那样的年代,肚子经常闹饥荒,妈妈总是把她的那份留给我们吃。

由于饥饿,妈妈患上了严重的胃病,她的胃经常性绞痛,即便现在生活水平变好了,她也还要经常吃胃药来止痛。

一碗软糯香甜的红薯粥,使全身都变得暖烘烘的。

我想起了温饱的意义和幸福的真谛,这就是知足者的生活态度。

但是,人类的欲望将幸福定义得复杂,使幸福变得无比沉重,最后才演变成重担和包袱,一直压在心上。

我抬起头看向窗外,此时的天空刚蒙蒙亮。

一阵凄清的冷风从方形的窗口吹进来,翻动着桌面上的那本《王蒙散文集》。

它应该是好奇那一个个蚂蚁般大小的黑点吧,反复地翻了一遍又一遍。

已经几天了,天上的那轮太阳宛若一个腼腆怀春的女子。

她的身上,总是穿着一条金黄色的束腰连衣裙,那种生动的空灵美,飘散着烟火的芬芳。

她喜欢和人间捉迷藏,将一片阴沉的灰色留给垂涎温煦的人们。

我穿上棉袄，戴上帽子，迅速地穿过白雾弥漫的大街小巷，来到了附近的公园里。

　　南方的冬季，寒冷虽然是它不朽的清晰的个性，但是它的态度还算温柔体贴吧。

　　你看，挂在枝头上的树叶，还有地上的一大片低矮平整的植物，仍然保持着深青色的丰腴，在一阵冷风下摇曳生姿。我知道它们也怕冷，奈何摆脱不了恶劣的气候。

　　它们的坚强不屈，它们的欢愉，它们的乐观，让我动容，让我赞不绝口。

　　长年累月的风吹雨打、酷暑严寒，这些困境只能折磨着无数片薄弱的叶子。

　　然而，永远击垮不了根须的意志。

　　它们的信念，深深地扎根在暗无天日的土壤里，成为对抗厄运的武器。

冷雨的音符

一座平凡的小城镇,老实本分是它的优点。

因此,它永远遵循着上帝慈爱的旨意,将宁静和圣洁做到了极致。

而一场淳朴轻快的冷雨,则是上帝专门派来的使者。

只见他身穿一件深灰色的长袍,白发朱颜,笑容可掬,年龄成谜。

为什么要说他年龄成谜呢?

因为说他年轻吧,他又展现出一种深沉的沧桑感;说他年迈吧,他又带着天真无邪的稚气。太矛盾了。

他慢慢地走过大街小巷,一颗颗晶莹剔透的雨珠从他那挺拔伟岸的身躯上轻轻地坠落地面,然后残碎,含着优美生动的韵律。

过了一会儿,他才与潮湿结合,悄无声息地在泥土的最深处纠缠不休。

没带雨伞的我,站在屋檐下避雨,看呆了。

我第一次察觉到,一场寒冷的雨也可以这么风流倜傥,敢爱敢恨,来去自如。

他是一位最有灵性的最伟大的艺术家。

他用源源不绝的纯净而又欢乐的眼泪，滋养着世间万物的希望，洗净了一切肮脏的归宿。

这一刻，我承认自己灵魂的琴弦，被他的那双无形的大手触碰到了，发出了优美的音符。

不是爱，却胜似爱，千丝万缕的柔情温柔地抚慰着疲惫不堪的容颜，让我有一种无比舒适的解脱的错觉。

以前所有的讨厌，都在这一刻烟消云散了。"下雨天真烦人，闷死了""想出去走走又怕淋湿了"，这些消极丧气的话通通抛到了脑后。

我安静地沉溺在冷雨的音符里，那是一曲天籁之音。

宛如喜鹊的鸣唱，如此清脆，如此甘甜，如此耐人寻味，不仅消除了我的焦躁不安，还驱散了岁月里的阴霾。

有时候，他又像一个调皮捣蛋的孩子，把鸟雀们的小家和蚂蚁的住宅弄得湿答答的。

让它们气得吹胡子瞪眼直跺脚，却拿他没办法，只能无可奈何地对着他摇摇头。

有时候，他又像一位成熟稳重的农夫，在一片生机盎然的田野上，勤勤恳恳地忙碌着。耕牛成了他生存下去的唯一的功臣。

犁耙为什么生锈了，他不是经常使用的吗？一定是穷苦入侵了生活的心坎，才造成了今天这样的局面。

有时候，他又像一个精明市侩的小商贩，每天都拉着一部破旧的三轮车，走街串巷。

一见人就吹嘘他自己卖的东西怎样好，总之就是天上有地下无的意思，最后还加上一句"错过了就是你的损失"。

空气和清风的样子

都归属于一片透明的芬芳

黄昏之后

大自然召唤我的乳名

故事的结束也是美的开始

冬天的雨珠不厌其烦地敲打着小松鼠的木门和窗棂，逐渐变成了一支清新悦耳的安眠曲。

此时此刻，简单的宁静是一瓶古老的烈酒，城市醉了，小山村醉了，我也醉了。

路旁的杧果树看着我的窘样，哈哈大笑，那笑声多么熟悉，多么亲切，仿佛一位久别重逢的故人。

鱼腥草的味道

每一种平凡的美

都归功于苦厄的千锤百炼

例如，鲜花绽放之前

总是要经过漫长的寒冬

命运习惯了折腾

但是你不能妥协，不能退缩

记得那年夏天，他总是喜欢站在工厂宿舍五楼的护栏旁边，静静地看着远处。

他的眼睛有一只是瞎的，先天性没有眼球。

小时候有一次他和别的孩子在村头玩耍，被调皮捣蛋的小伙伴们取了一个瞎子的外号。

他当时哭着跑回家问妈妈："我为什么有一只眼睛看不见？他们都笑话我的另类。"

妈妈十分心疼，急忙将他抱在怀里，温柔地对他说："孩子，不要哭，你是唯一被上帝吻过的宝贝，而他吻的部位就是你这只看不见的眼睛。这是永远值得你骄傲的事情,你为什么要嫌弃它呢……"

他久久凝视的地方,有一片晨光照着寂寥自在的河流和山村,偶尔会有一阵清凉的微风从东边吹来,驱散了闷热和疲惫。

不知过了多久,直到我们的双腿都站得僵硬麻木了。

他才无比感慨地对我说:

"从小时候开始,我的日子里就充斥着鱼腥草的味道,虽然很怪诞很苦涩,但是让我感觉非常熟悉、非常亲切。永远象征着乡土的那种独特的芬芳,让我回味无穷。"

听完他的话,我沉默不语,站在一旁黯然神伤,脑海里却浮现出一个老村妇的身影——我的四婆。

四婆是一个童养媳。听村里的老人说,四婆三岁多的时候,她的家婆便把她从家徒四壁的娘家背回来了。

而礼金就是一小袋几斤重的米糠。

四婆出生在二十世纪四十年代,那时候,新中国还没有成立,人们还处在水深火热中,生活得不到保障。

那时的饥寒,是人们的头号敌人。它就是一个心狠手辣的魔鬼,经常来攻击弱小的生命。

树叶、青草、植物根须是人们的主食。四婆就是从那时开始,爱上了鱼腥草的味道。

那个艰苦的年代,米糠是餐桌上最珍贵最奢侈的食物。

几斤的米糠竟然能换来一个小媳妇,这件事在现在看来是很荒唐的。

四婆的头发灰白稀少,她喜欢绾一个小圆髻在后面。

她满脸的皱纹,身材瘦小,弯曲成一个拱形,右手拄着一根拐杖,终年一身黑衣。

她最喜欢吃凉拌鱼腥草了。

儿孙们都很孝顺,平常都给她做好吃的。但大鱼大肉吃多了,她总是觉得腻得慌。

她乐呵呵地跟儿孙们说:"这种食物上的油腻,唯有鱼腥草能将它消除。"

于是,每年春天她都要一手拄着拐杖,一手拿着竹篮和小铁锹。

她不顾家人的担心和反对,颤颤巍巍地到田野里去采挖鱼腥草的嫩茎。

往往是一个小时左右,她就将那些白白嫩嫩的根茎带回来了。

她将它们洗干净,切段,然后焯一下热水,装盆后淋上辣椒油,一道香辣可口的凉拌鱼腥草就这样诞生了。

四婆今年七十六岁了,她一直钟情于这道菜肴。

她常常跟左邻右舍说:"我虽然不懂医术,但是我知道鱼腥草有清热解毒、消炎杀菌、健胃消食的功效。我的孩子小时候每次感冒咳嗽,我就拿鱼腥草煮水给他们喝,可以起到缓解的作用。"

爱，隐藏在细节里

九月的夕阳，把一片金黄色的荣光呈献给了这座繁华美丽的城市。

因为它将工业和商业发展得突飞猛进，经济实力是它劳碌的根源。

今晚，昌盛电子厂不用加班，胡一鸣在沙县小吃店里点了一份鸡腿饭。

和她分手一年四个月零十一天了，流泪痛苦了八个多月，慢慢地他就想通了。

她不在身边更好，吃饭不用花双倍的钱，也不用为了讨好她而去买一大堆奢侈品了。

什么化妆品、衣服、裙子、包包，这样算下来，一年能省下不少钱去玩游戏呢。

俗话说得好：一人吃饱，全家不饿。

他一边吃，一边刷抖音，现在她不在身边管束自己，生活过得无拘无束、自由自在，想怎样就怎样。

去网吧玩游戏，想玩到几点就几点，想玩通宵就玩通宵，再也没有人管了，没有人骂了。

还有，和其他女性暧昧聊天，再也不用躲躲藏藏、担惊受怕了。

以前她在的时候，看到他饭后抽烟，她总是柳眉倒竖，凤眼圆睁，一把夺过他手中的香烟，严肃地责骂：

"胡一鸣，你能不能不要抽烟？这样对身体不好，你知道吗？"

"谁说抽烟对身体不好？呵呵呵，陈梅，你是医生吗？还有，你总说我沉迷游戏，通宵玩游戏对身体不好。我呸！什么身体不好，我觉得你就是管得太宽了，像一个老妈子。你知不知道你老是这样限制我的自由，只会让我迫切地想远离你！"

他厌恶地看着陈梅，吊儿郎当地说。

"胡一鸣，我是为了你好，你不要狗咬吕洞宾，不识好人心！"陈梅说完，气冲冲地跑回了出租房，扑到床上痛哭了起来。

她心里委屈死了，自己明明是为了他好，可是在他看来，却是成了限制他自由的恶人了。

为什么会这样子？难道两人相处久了，爱情就发霉变质了？

胡一鸣以前可不是这样蛮不讲理的，刚认识的时候，他温柔体贴，关怀备至，总是对她嘘寒问暖，怕她饿着冻着……

一段温馨的记忆，将她带回了四年前。

那是一个春天的下午。一个二十岁左右的女孩走出了朗乡长途汽车站，只见她穿着一条浅蓝色的连衣裙，娉娉袅娜，气质美如含苞待放的郁金香。

她瓜子脸，一双大眼睛水汪汪的，好像一泓清泉，清澈见底，肌肤洁白如雪，吹弹可破。

她拖着沉重的行李箱，茫然地看着川流不息、人来人往的四周。表哥说昌盛电子厂的流水线上招工，打电话叫她来应聘。

"小妹，你去哪里啊？我是制衣厂的老板。来，我们这里招工，我们厂工资高待遇好，还帮员工买五险一金。你看看，这是招工启事，这是我的名片。"

一个穿着时尚性感、浓妆艳抹的中年女人来到了她的面前，把一张招工启事和一张名片硬塞到她的手里。

"老板，我刚从老家出来，我表哥在一家电子厂工作，他说现在电子厂招工，我……"她怯怯地小声说，低着头看了看名片——韵文制衣厂董事长刘芳，电话号码136××××888。

"小妹，不是我说你，电子厂一个月能挣几个钱？跟着我，姐姐带着你去挣大钱。来，我帮你拿行李，我的宝马就停在这附近。"

性感女人一手抢过女孩的行李箱，一手拉着女孩的手，二话不说朝她车子的方向走去。

"这，我要先打电话问问我表哥……"女孩用力挣脱了性感女人的手，从口袋里掏出了手机。

"小妹，你打电话问吧。我们有缘，姐姐开车送你到电子厂吧。"性感女人笑着对她说。

"这……怎么好意思，我表哥发过一个定位给我，叫我打车到他定位的那个地址。"

女孩没有拨打表哥的电话,她只是吓唬一下这个陌生女人。因为现在表哥还在上班,电子厂管得严,规定上班不能拿手机的。

"小妹,有什么不好意思的,我也是顺路回我的制衣厂。你口渴没有?我这里有两瓶矿泉水,来,给你一瓶。我帮你拧开盖子了,喝吧。"

性感女人把一瓶打开的矿泉水塞进了女孩的手里。

女孩心想,这位老板真好,真热心,正好自己也口渴了。她拿起矿泉水正要喝。

"陈梅,别喝,矿泉水里有安眠药,她是人贩子!你表哥杨庆华叫我来接你。"

一个高瘦帅气的男孩快步走过来,一把夺过了她手中的矿泉水。

一旁的性感女人瞬间大惊失色,急匆匆地溜走了。

陈梅看着那个女人离去的背影,心想,幸好他及时出现,否则后果不堪设想。这些人贩子也太猖狂了,竟然光天化日之下,做违法犯罪的事。

"你知道我和我表哥的名字?你真的是他叫来接我的吗?"

陈梅经过刚才的事,开始警惕起来,心想社会复杂,人心叵测,自己还是太单纯了。

"杨庆华上班没空接你。我和他是同一个宿舍的,我这个月上夜班,所以白天有空,他就拜托我来接你了。他给我看了你在朋友圈发的个人相片,所以我能认出你。不信的话,你可以看看微信，他说给你发了语音。"

男孩的双眼闪烁着神奇的光彩，他笑眯眯地看着陈梅，表情非常的温柔。

陈梅羞红了脸。手机上还真有表哥发的语音，自己居然没注意到。她低着头，点开了表哥给她发的语音。

"陈梅，我叫胡一鸣去接你，你要注意安全，不要理会陌生人的搭讪啊！车站门口有很多人贩子。"

"陈梅，我叫胡一鸣，很高兴认识你。"男孩把一只手伸过来握住了女孩的手，久久地不松开。

他们俩就这样相识了。但相爱容易，相处难，激情过后，只剩下日常生活里的柴米油盐了，对方的缺点也暴露出来了。

胡一鸣喜欢抽烟，一天要抽两盒。

他喜欢玩游戏，而且他每次去网吧都是彻夜不归，第二天早上才回来睡觉。这样日夜颠倒，作息紊乱，导致他身体健康度下滑。并且他经常请假或者旷工，每个月的工资都会被扣掉不少。

陈梅为这事，经常跟他吵架，吵多了，两人都累了，心也就散了……

金钱是矛盾体

金钱啊！你可以囚禁我的身体和言行，你可以囚禁我的昼夜和欢乐。

但是，你永远囚禁不了娇嫩的魂魄，永远囚禁不了温煦的阳光，永远囚禁不了无私奉献的甘泉。它们是我今生今世的信念，也是我心中永恒神奇的力量。

它们在我的内心世界里深深地扎根，稳如泰山，谁也动摇不了这一种无比芬芳的希望。

宛若暴风雨过后的彩虹，历尽沧桑，洞察一切。

孤独的宁静和情感的纠缠，我选择了前者，简单、干净，是我这一生遵从的旨意。

虽然日子过得贫苦一点，但是我的内心坦荡无畏。

那是一个秋风扫落叶的清晨，几只小麻雀在光秃秃的树枝上飞来飞去，它们的嘴里，吟唱着世事像天气一样变幻莫测。

当第一缕阳光降临这个农家小院时，我们已经准备好了早饭。

那是一锅白粥和一小碟妈妈做的萝卜干咸菜，这样的饭菜简单又养胃。乡下人的粗茶淡饭，绝对不存在大鱼大肉的三高隐患。

早饭过后，赵老师对我说："钱不是万能的，但是没有钱万万不能。金钱在人类发展的道路上起到了至关重要的作用，没有金钱的保障，生命难以延续，爱情难以长久。"

他看到我点点头，稍停了一下，又说："但是，不要屈服于金钱的淫威之下，不要成为金钱的俘虏，不要让金钱在你的小日子里为所欲为，你要保持着干干净净的生活圈子……"

他的这些话，我一直深信不疑，同时在未来的每一天里，我也付诸行动。

俗话说——贫贱夫妻百事哀。

就拿小事来说，过日子的柴米油盐酱醋茶，哪样不是用金钱买来的？

再说说那些大事，孩子老人生病住院，如果家属拿不出钱，哪家医院会免费治病救人？

总而言之，金钱可以决定一个病人的生死。在当今社会上，这是毫不夸张的事实，也是最让人扎心的。

即使是这样，也不要成为金钱的俘虏，不管如何穷困潦倒，也不要匍匐在金钱那双肮脏腐臭的脚下。

如果你扛得住它的一番恶毒的折磨，它就会假惺惺地，施舍一点馒头渣给你。

人这一辈子，两手空空地来到了这残酷的世间，白白忙活了几十年，又两手空空地躺在病床上，万般不舍地闭上了双眼。

那个冷冰冰的躯壳，不得不承受熊熊烈火的焚烧，变成一片灰烬之后，飘向天边的一片云烟。

金钱在死神的面前一文不值，不管你有钱没钱，都要经历生老病死的过程。

所以我认为，金钱存在的本质和意义是非常矛盾的，在某种情况下，它不是万能的，但是，绝对不能缺失。

此时此刻，我又想起了赵老师的话。

"一个干净的人，并非不食人间烟火、不染世俗，而是灵魂深处有净土，思想背后有初心，坚守良知和道义，有所为有所不为。"

人最高级的炫耀，不是金钱赋予的权力，不是身份地位，不是豪宅宝马，而是堂堂正正地做人，无愧于天地。

苦咖啡

窗外的黑夜越来越深,越来越冷,北风从窗外吹进来,让这间孤独的小屋直打寒战。

此时,明月的脸蛋多么圆满啊!它笑意盈盈地看着坐在书桌旁的我。

一杯苦涩又香醇的黑咖啡浑然不知,它正在桌子上打瞌睡。

它是我生活中唯一的挚友,语言交流不是我们日常生活的相处之道,永恒的陪伴才是。

无论是在黑夜里,还是在寒冷里,它都陪在我的身边,不离不弃。

它从不曾背叛我俩之间的誓言。

拿破仑说:"大量浓烈的咖啡使我保持清醒,让我感觉到温暖和拥有神奇的力量,它是一种愉悦的痛苦,我宁可忍受这样的痛苦也不愿意变得麻木。"

我认同他这一个伟大的观点。

因为每当我烦忧郁闷的时候,苦咖啡总是默默地献与我一份简朴的纯善。

那么干净,那么深奥,教会我细细地品尝生存的意义和坚忍的态度。

如同站在田埂边的那个稻草人的新娘,它有一头乌黑的长发,身穿着雪白的云缕做成的连衣裙,美丽动人,温婉贤淑。

它总是等一片春风走远之后,才悄悄地觉醒了复活的力量。

噩梦,终于破碎了,过了一会儿,它又悄悄地觉醒了不朽的荣威。

山水田园是它永远庇护的儿女,如此美好的爱,却归功于大自然的慈悲和无私。

每当我疲惫不堪的时候,总会端起一杯温热的黑咖啡。

倚靠在阳台的护栏旁,一边浅斟低酌地喝着,一边欣赏着阳光与绿色植物的缠绵。

简单、惬意、寂静,这三种状态,是生活极力破解的咒语,也是我最享受的过程。

那种刻骨铭心的味道,说不清道不明,它侵入我的躯体,侵入我的内心,侵入我的灵魂,让我时时刻刻记得生活的艰苦,从而珍惜每一天的蓝天白云、鸟语花香。

  鸟儿的鸣啭
  象征着日子依恋的福运
  你忘却了希望透明的形状
  其实

它就刻在你的掌心里

你从来没有察觉到

你一直认为

命运亏待了所有的昨天

    天亮了，天真无邪的一月，带着东方的阳光从窗外走了进来，好像一个来自天堂的小孩，好奇地窥视着人类的烟火世界。

    一片金黄色的寂静，一阵生动的微风，到底是哪个艺术家的伟大杰作？

    对于这个问题，我搜集了古今中外的书籍，却一直找不到想要的答案。

    那一种明丽的灵性，十分稀奇古怪，三分朦朦胧胧，三分逍遥自在，四分似梦似真。

    它在我的身边轻盈地飘洒，交织着几分脱俗和几分清新。

    老妈妈曾经对我说过，人活在这个世上，要吃很多的苦。

    她的这句话，成了我的座右铭。

    小时候，我们要吃幼稚的苦、学习知识的苦。

    青春期的时候，我们要吃冲动的苦、浮躁的苦、叛逆的苦。

    长大了之后，我们要吃工作的苦、爱情的苦、金钱的苦、人情世故的苦……

    概括起来，这些都是人生的苦。我个人认为，这也是黑咖啡的苦，原汁原味的，直达我们的五脏六腑，再到我们的血液和筋骨……

田野，深爱着夏天

你在夏天的树梢上发呆，过去和未来的动机，是你闷闷不乐的根源。

午间火辣辣的阳光，填满了一张张青叶的缝隙，闪耀着六月喜气洋洋的意义。

一只忧愁的小蜻蜓，附在黑麦草的头顶上。

它弄丢了打开死亡之门的钥匙，所有的灵魂，被困在冷冰冰的黑暗里，不见天日。

记得你曾经对我说过，田野，深爱着夏天。一切痴迷，来源于爱她，那率真的天性；来源于爱她，那灵妙的诗情画意；来源于爱她，那轻盈俏丽的身影。

不远处，有一大片荷塘，青幽漆黑的淤泥好像一群活泼可爱的孩子。

此时此刻，他们一手撑着一把葱郁的小绿伞，一手拿着一朵娇艳欲滴的大红花。

你看到了吗？山毛榉的老爷爷，他们在向我微笑招手啊！这一刻，世间的一切罪恶被太阳的烈火烧毁了。

一片宁静的美好，就是大自然献与世人的礼物。

它好像河流，缓缓地走进希冀的心海，它又像洁白的炊烟，飘扬的方向是天庭上的彩虹桥，桥上站着我死去的亲人。

一阵蝉鸣扰乱了一个村姑的脚步，她手中的一只大竹篮装满了青瓜、豆角和西红柿。她的小脸蛋晒得黝黑，舒展着笑的花朵。

"姐姐，你从哪里来？要到哪里去？我们村叫荷花村，就是人们口中的诗的故乡。"

她说话的声音，非常清甜，像极了夜莺的鸣唱，悦耳动听。

"我来寻找一个未曾谋面的天使，他掌管着生命和财富，不知道他是不是你的白马王子？"

我刚说完，村姑就羞红了小脸蛋，她低下了头，快速地转过身去，背对着我。

她的那头乌黑亮丽的长发，随着一阵南风飘扬起来，我闻到了荷花的芬芳，非常纯净。

她不好意思地说："姐姐，不要取笑人家，人家才十八岁，刚考上了大学，还没有白马王子呢。"

"我说错了，应该是智慧之神。"

"姐姐，你真逗！你知道爱情是什么样子的吗？"

"我不知道啊！你知道吗？"我走到她的面前，笑盈盈地询问她。

"我认为爱情的样子，就是泥土的伟大的创造力。比如，我篮子里的这些蔬果，还有那边的一片稻谷，也快成熟了……"

浮云的心如此空荡

黑夜是它的衣裳

那年冬季

穷苦踩蹦了松树的饥寒

所有的期待都成了一片荒芜

一场暴风雪过后

是时间拯救了一切

原野上有一间破旧的小木屋,那里到底是谁的幽居?

一条瘦长的小山路告诉我,那是小蜜蜂、斑鸠、青蛙等小动物聚会的宫殿。

我没想到,呆头呆脑的田野,却有着疯狂的举动,它的一生,它的温柔,它的荣誉,永远忠于夏天,那个阴晴不定的爱神丘比特的使者。

一个寂寥的空间,却有着无边无际的胸怀,包容着花草树木的喜怒哀乐,包容着蓝天白云的真实与缥缈,直到永远。

后来,你又把恋魂的私语,传递给了朴实的小山村……

年味

北宋著名诗人王安石说:"爆竹声中一岁除,春风送暖入屠苏。千门万户曈曈日,总把新桃换旧符。"

春节的脚步越来越近,年味也越来越浓郁了,去远方打工挣钱的人们陆陆续续地满载而归了。

我们广西人过年,习惯了贴对联,放鞭炮,放烟花,包粽子,做米粿。

米粿,是我们广西人过年最喜欢的特色小吃,就像北方人逢年过节喜欢吃饺子一样。

我的老家做米粿分成几个步骤:第一步揉面,第二步炒馅,第三步包米粿,第四步煮米粿。

米粿的外皮是用米粉制作的,老家传统的馅料,是根据个人口味来制作的。

我的妈妈喜欢用猪肉、虾皮、木瓜、葱做米粿的馅料。

第一步揉面。妈妈将糯米粉和粘米粉按七比三的比例倒入大盆中,一边加热水,一边拿筷子搅拌成絮状。

然后用力揉成光滑的面团,封上保鲜膜醒发半小时。

第二步炒馅。醒面的过程中,妈妈将半熟的木瓜去皮去瓤,将所有的食材洗干净之后,她把木瓜和猪肉切成小颗粒,葱切碎。

准备好这些后,就起锅煎猪肉了。猪肉煎出油之后,她把多余的猪油去掉,再加入木瓜、虾皮和调料一起炒熟,出锅前再撒上葱花。这样,米粿的馅料就做好了。

第三步,包米粿。妈妈将醒好的面团揉成长条,切成一个个大小均匀的小剂子,按扁后待用。

这时,我和姐姐弟弟都会过来帮忙包米粿,大家围坐在桌子旁有说有笑,其乐融融。

妈妈教我们把小面团捏成瓷碗的形状,然后,将适量的馅料放进去,再收口。一个圆滚滚的米粿就包好了。

第四步,煮米粿。米粿全部包好之后,妈妈再将大铁锅洗净,倒入半锅清水,点燃柴火慢慢地熬。

然后,她再将一个个米粿,轻轻地放进锅里煮,煮到米粿全部浮在水面上,就是熟了。

记得小时候,往往米粿还没有煮熟透,我们这些嘴馋的小孩子,就迫不及待地捞一个米粿放进瓷碗中。

我们再用筷子将米粿夹成两半,米粿皮薄馅多,飘散出诱人的香味。

在我们的老家,一个个白白胖胖的米粿,象征着独特的年味,象征着新的一年的希望,象征着幸福美满的生活。